きむふな

ョート
ン

JN045241

ハナコはいない

チェ・ユン 著

朴澤蓉子 訳

嵐が吹き荒れる日は運河の欄干に近づくことを禁じよ。また霧、特に冬の霧に用心すべし……そして迷路に入り込め。それを恐れるほど道に迷うであろう。

ローマでの仕事を終えるやいなや彼は列車に飛び乗り、夜遅くにベネチアに到着した。そしてゆらめく靄で白く曇った明け方の窓越しに、彼はその幻想めいた看板を見た。

混沌とした空想をさまよう、けだるい夢の中でのことだ。

しかしそれはイタリアに到着してから彼が読んだ、さまざまな観光パンフレットの中の単語が、ほぼ無意識のうちに組み立てられてできた文章にすぎない。

彼が目を開けると、列車は暗がりの中、本土とベネチアをつなぐ鉄道橋を走っていた。

熟していない闇。まだ午後八時を過ぎたばかりだ。ほどなくベネチア・サンタ・ルチアと書かれた本物の看板が暗闇から浮かび上がり、列車は駅の中に入った。降車する人の流れに乗って駅の外へ出ると……彼の三十二年の人生で最も驚くべき、風変わりな都市が目の前に広がっていた。重々しい装飾を頭に載せた建物が水面にずらり

〇〇三

と浮かぶ街、それは沈没寸前の豪華客船のごとく、運河の上で揺れていた。

しかしそこには欄干も、霧もなかった。

宿の近くまで連れていってくれる小さな船に乗り、彼は旅の始まりから自分を支配していた奇妙な催眠状態から徐々に覚めていった。幽霊のように無口な乗客たちに紛れ、彼は一人つぶやいた。ああ、これがベネチアか。さて今からここで何をしよう？

イタリアの取引先の人に頼んで予約してもらったホテルは、この水と霧の都市、旧市街の中心からそう遠くない、リアルト橋付近にあるとのことだった。曲がりくねった細い運河の筋、そしてはるか昔に塗装された壁は色あせ、長年の湿気に侵され古びた建物が立ち並ぶ通りを見下ろせる小さな部屋。取引先の人はそのホテルに一度泊まったことがある、もしよければ予約すると言った。もちろん断る理由はなかった。

彼はこうして現実世界から遠ざかるようにベネチアに来ていた。イタリアに到着してから次第にくじけていく勇気を奮い立たせるために、あるいは彼の勇気をたきつける何かから追われるがごとく。

すべては突然、思いがけず実現した。日常を離れてまだ四日しか経っていないのに、つい昨日が何年も前のように感じられる虚構に近い旅の時間。

〇〇四

その旅の時間の只中にいるため正確な日付は思い出せないが、ある日Kから電話があった。五、六か月は前のことだったように思う。そのとき彼は遠い出張先から戻ったところだと言っていた。高校からの友人。大学時代に働いた大小さまざまな悪事の共犯者であり、社会における同業者。彼とK、そして三、四人の高校や大学の同窓生は、最低でも月二回は何だかんだで会っていた。取り立てて話があるわけでも、お互いの業種が同じわけでも、熱烈に会いたがっているわけでもなかったが、友達だから。大抵は彼らだけで、週末は子どもを一、二人連れて、妻同伴で。健康食品の広告によくある理想の家族のように。Kはいつも出張から戻ると真っ先に彼に電話をした。二人はもちろん、帽子について話した。彼らの事業アイテムである帽子について。帽子の話をしつつ仕事に関する情報共有を交えながら、ひととおり他愛のない話をする。時にはわい談まで。

　化学も社会学も帽子とは何の関係もなかったが、大学卒業後、数社を経て彼とKは各々、どういうわけか、ひょんなことから帽子の専門家になった。それが定期的に会うメンバーの中でも彼とKがとりわけ親しいゆえんだった。二人が帽子について話すときは真剣だった。その日は他に話すこともなくなり、延々と仕事の話をした。だが

〇
〇
五

やけに長引くな、と感じたのは彼の気のせいではなかった。二人はそれくらい、お互いのことをよく知っているのだ。そして唐突に、Kが話題を変えた。まるで、ふと思いついたかのように。

「ハナコの……ことだけど」

「……?」

「たまたま聞いたんだが、ハナコはイタリアにいるらしい」

「そうなのか？　それで？」

「ただそうらしいってだけ。お前、気になってるかなと思って」

「なんで僕が？」

「いや、みんな気になってるよな。少しは」

誰が、いつ、どこで、何をしているハナコを見たのか。そういった詳しいことを彼はKに尋ねなかったし、情報の出所が誰であれ、踏み込んだ質問をしてもKは間違いなくかわしただろう。ドライで節度ある二人は親しき仲にも礼儀をわきまえていた。

一瞬ぎこちない沈黙が流れたが、彼は軽い冗談を言って適当に話を切り上げた。そして数日後の飲み会でKはその電話のことを、彼にはもちろん他の友達にも一切話さな

〇〇六

かった。彼もその電話の件をすっかり忘れたかのように振る舞った。そうしているうちに実際に忘れたような感覚に陥った。しまいには本当にそのささいな電話のことを忘れてしまった。

いつも彼らは飲み会で討論になると、そうすれば今すぐ世の中が変わるとでも思っているかのように、不条理な世の中のあれこれをテーマにしばし白熱した。それは会の盛り上がりのピークが過ぎる前兆だった。彼らはもう若くなく、融通のきかない社会で少しずつ臆病になり、突然人生が楽しくなる予定もなく……だから彼らはしょっちゅう集まった。

ハナコ。それは彼らだけの隠語だった。ある女を指す、内輪で使われた隠語。

一人の女がいた。もちろんその女にも名前があった。その名前は彼らの都会的な感性からするとそれほど魅力的ではなかった。だからといって、そのせいで隠語を使ったのではない。それにハナコを面と向かってあだ名で呼んだこともない。彼らだけで集まったとき、つれづれに酒を飲みながら彼女を指すためにたまたま飛び出た、冗談半分で付けたこのあだ名が隠語になった。彼らは何かにつけて隠語を作りたくなるような、人生のうちでそう明るくない時期を通過中だった。若干の差はあるものの彼ら

〇〇七

は皆二十四、五歳で、大学卒業を控えていた。

ある日、メンバーの一人が同い年くらいの女子大生を連れてきた。背はひときわ小さく、低い声で彼らの会話にすっと入り、頭を左にかしげながら、時々彼らが放つ的外れで血気にはやった発言に対し真顔で、至って真剣に質問を投げかける女。

「どうしてそんなふうに考えるんですか?」だとか、あるいはやや憂いを帯びた目で

「それはきっと私たちがみんな若いせいだと思います。若さを持て余しているからですよ」

そんなことを言って彼らを戸惑わせる女がハナコだった。

しかし今となっては、いろいろなことがあやふやだ。それが正確にはいつだったのか、どんな集まりだったのか、彼女を連れてきたのがPだったかYだったか、もしくはそのどちらでもない、今は彼らと疎遠になった誰かだったのか……。

そうだ、彼女は鼻がとても美しかった。彼女の容姿はそれほど人目を引くタイプではない反面、鼻だけは本当に美しかった。正面から見ても横から見ても逸品の鼻を持った彼女。だから付けられたあだ名、ハナコ。しかしその隠語は彼らとハナコが親しくしていた頃に作られたものではなかった。そしてそのあだ名が付く前、彼女のこ

〇〇八

とを考えたとき真っ先に思い浮かぶのは鼻ではなかった。彼女のあだ名がハナコになった背景には、葬り去りたい彼らの過ちがあった。誰も振り返りたくも、ましてや認めたくもない、酔いが引き起こした、あらゆる事実を秘めた小さな過ち。こんなふうにあだ名で呼ばずにはいられない、気まずい相手が誰にでも一人はいるとしたら、彼らにとってそれはハナコだった。

ほとんどが高校からの知り合いである彼らは、就職活動を控えた大学最後の年は毎日のように集まって就活対策をし、新社会人になっても何かにつけてしょっちゅう集まった。たまに、月に一、二度、彼らのうち誰かがハナコに電話をかけると、彼女は一人で、あるいは女友達はこの世にたった一人しかいないのか、いつも同じ子を連れて彼らに合流した。今や名前すら思い出せないその女友達について覚えていることは、彼女が飲み会の最後までいたことはなかったということくらいだ。家が遠いだかの理由で、飲み会が盛り上がり始めると彼女はハナコに二言三言耳打ちし、自分の乗る地下鉄がカボチャに変わるのを恐れるシンデレラのように、いそいそと席を立った。不思議なことに誰も、口先だけでも彼女を引き止めなかった。彼らの興味を引いたのは口数の少ない彼女よりも、要所要所で機転のきいた冗談を言い、どんな話題でも彼ら

○○九

が思わず、おお！　と感嘆してしまうような発言をする、低く穏やかな声のハナコだった。

　集まりの雰囲気を一新したいときや、付き合っている彼女との面倒な駆け引きに疲れているとき、または代わり映えのしない顔ぶれに飽き飽きしながらも惰性で集まり酒を飲んでいるとき、彼らはハナコに電話した。電話に出ると彼女は大抵快く彼らの誘いに応じてくれ、記憶にある限りでは、よく分からない理由で断ることは一度もなかった。生理痛だとか、地元にある友達が来ているとか、そういったやむを得ない理由だった。それが本当かどうかはさして重要ではない。彼女の口ぶりはいつだって真剣そのものだったし、博物館に展示したくなるようなその真剣さが面白く、妙に説得力があった。社会人になり、彼らが集まる頻度はさらに増した。

　彼らは彼女についてほとんど何も知らなかった。どこかの大学で美術を専攻していたということの他は、彼女が絵を描くのか、彫刻をするのか、あるいはそのどちらもなのか、知ることはなかった。彼らの周りにはその方面に精通した人がいなかったため、時々彼女の口から発せられる事柄は彼らにはとても漠然としたものに聞こえた。彼らはマティエールという単語を知ってはいたが、大学を出てまでどうして石と土と

〇一〇

木をそこまで大切なものとして区別しなければならないのかと、さほど興味を持てなかった。彼女の家のことについては言うまでもなく、彼らが知っていることといえば、彼女の電話番号とたまに届く手紙に記された住所だけだった。彼らと付き合いがあった数年の間でも彼女の住所は何度も変わり、あるいは同時に複数の住所を持っていた。あるときは寄宿舎、あるときは×××さん宅、またあるときは○○○アトリエ……こんな具合だった。

やや謎めいているとも思えた彼女のプライベートは、どういうわけか一度も彼らの興味をそそらなかった。むしろハナコにとっては謎めいたことでも何でもないようで、気になっても尋ねるのが決まり悪いというか。

彼らの集まりに女が加わるのはハナコが初めてではなかったが、ハナコほど集まりの調和を乱さず、長く定期的に顔を合わせた女は多くなかった。なぜだろう。彼女がいつも空気や適度なぬくもりのように、そこにいることを意識させなかったからだろうか。あのことが起き、彼女が完全に彼らの集まりから消えてしまうまで。そう、あのときまで彼女は、いないようでいる人であり、彼女が彼らの誘いに応じられなくなる未知の場所に消えてしまう日が来るとは、誰一人思っていなかった。

〇一一

彼は駅の近くで地図を一枚買い、取引先のイタリア人が書いてくれたホテルの位置を調べた。バポレットと呼ばれる水上バスに乗り、リアルト橋で降り橋を渡らずひたすら左へ左へ行ってください……。彼は一日中列車で過ごしたため、くたくたに疲れていた。イタリアに着いてから休む間がなかったし、ソウルを発つときに自ら浸っていたと言えなくもない憂鬱(ゆううつ)が、どこへ行ってもしつこくつきまとってきた。彼は、乗り場に水上バスが停まるたびロープを慣れた手つきでくくり付ける、端正な横顔をした青年の横に立ち、水上に浮かぶ建物をぼんやり眺めた。室内に灯る温かいオレンジ色の照明が、初冬の湿った空気をより一層うら寂しく演出していた。

はてさて、この見ず知らずの国の、初めて訪れた都市で二日間も何をしよう。観光？

おい、いくら忙しくてもベネチアには絶対に行けよ。先に取引先を開拓し、イタリアを訪れていたKの言葉だ。そうだな。誰もが一度はベネチアに行きたがる。特に恋に落ちた男女や新婚夫婦が最も行きたいと思う都市の一つだというベネチア。彼は一瞬、口元に苦い笑みを浮かべた。あらゆるものがじわじわと海に吸い込まれていくような錯覚に陥るこの街で、彼の頭に浮かぶのは暗澹(あんたん)としたことばかりだった。だが彼が、新しい取引先との第一段階の仕事を終えてすぐベネチア行きを決めたのは、

〇一二

Kの助言のせいだけではなかった。彼の目的地はここではないのだ。この都市からほど近い、別の街のとある住所だった。

　橋を渡らず左へ左へ行くと……二日間飽きるほど見ることになる古びた四階建ての建物に、二泊分の予約がしてある宿、ペンシオーネ・アルベルゴ・ジェラートはあった。そこでは片方の足を引きずった女がイタリア語、英語、フランス語の三か国語を駆使しながら、恐ろしいほど大きな犬を一匹連れて働いていた。

　その女が案内してくれた部屋は三階の七号室。その宿の部屋からは、取引先の人の話によると日中は目にも鮮やかな果物や野菜の市場が立つらしい、こぢんまりとした通りが見下ろせた。もう少し先に目をやると中央の運河と、建物の間からのぞくリアルト橋も。静寂に包まれた夜、通りはがらんとしていた。遠くから何度か若者の澄んだ笑い声が響き、余韻もなく消えた。そして近くから聞こえるのは、船が水をかき分けて進む、妙にわびしさをかきたてる平和な音。あの音のように優しく、逆立った人生のトゲをなでてくれる人がいたなら。なぜこんなにも、どこへ行っても心は不穏な音を立てるのか。三十歳を過ぎて突如襲ってきた感情に、彼は明らかに戸惑っていた。

〇一三

彼らはハナコについてあまりよく知らなかった。大学を卒業する前は、同級生たちと一緒に美術教室で子どもたちを教えたことがあるとは言っていたが、正確には何をして生計を立てているのか、血液型は何か、何人兄弟なのか……そういったことをなぜか一度も彼女に率直に聞いたことがなかった。たとえ似たような話題になっても、決まって彼女は、自分の話に時間を割くのはもったいないと言わんばかりに、自然と話をそらすのだった。

考えてみると一度くらい、専攻は彫刻だというような話を聞いたことがある気がする。そうはいっても一度も有名な彫刻家の仕事を助手として手伝っている程度だ、と笑いながら付け足す彼女の顔も思い出す。自分の背丈の三、四倍はある石と格闘している、と。実際、彼女の背は子どものように低かったので、誰も彼女が珍しく語ってくれた自身のエピソードを、具体的に想像してみることすらしなかった。三年あまりの付き合いの中で、彼女が自分の話で彼らの注意を引いたことはなかった。いつも同じ表情。ナタリー・ウッドにそっくりの鼻が際立つ角度、斜め四十五度にかしげた頭。それがすべてだった。

小さな部屋。イタリアに来てから頻繁に目にする、廻り縁にレリーフが施された高

〇一四

い天井の下、彼はしばし電話の前で躊躇（ちゅうちょ）した。受話器を持ちしばらくツーという音を聞き、また置いた。地球の向こう側はおそらく真昼。そしてその距離と同じくらい隔たりができてしまった妻との関係。四年という歳月がむなしく思えてくるほどのスピードで。初めはそれなりに真面目な対話もしていた。実存とか価値観とか共有とかいう単語を織り交ぜた気取った攻防戦は、たちまち赤裸々な口論に様変わりした。無駄遣いをしたとか歯磨き粉を真ん中から押し出したとか、あるいはたばこの火の消し方が中途半端で煙をくすぶらせてしまう彼の癖といったささいな事柄から引き起こされる口論が、一気に二人の存在を否定し根っこから揺るがす。

単語という単語が蒸発してしまったかのごとくお互いに頑として口をきかず、そこに端を発した最後の不和は……完全な沈黙に至る前の叫びのように激しく、そして長引いた。いくらでも出てくるお互いへの不満。お互いを否定し尽くすために必要な、果てしない口げんか。それでも表向きの芝居は続く。夫婦で親戚の家を訪ね、集まりに参加し、芝居が終わるとまた冷戦に入る日々。

もしもそんな不和がなかったとしても、なんということもない、この上なく陳腐で不毛な、お互いの短所が最も醜い形であらわになる、そんな不和がなかったとしても、

〇一五

彼は急に決まったイタリア出張を引き受けただろうか。妻には知らせもせず、こっそり逃げるように適当に詰めたスーツケースを携え、朝出勤した格好のまま出張に発っただろうか。彼は小さく頭を振った。もしそうだったとしても、彼はハナコのことを思い出しただろうか。そして極めて密かに、彼が連絡を取れる彼女の知人たちをたどり、数日かけて彼女のイタリアの住所を突き止めただろうか。

彼は極秘文書でも入手するかのように慎重に段階を踏んで聞き込みをし、ハナコの現在の住所にたどりつくまでの過程を、若干の愉悦に浸りながら思い返した。妻が彼のイタリア出張の真意を知ったとき浮かべるであろう表情を想像しながら。しかしそれほど満たされた気分にはならなかった。そんな想像をしても気分転換にならないほど、彼らはもはや意識の及ばない深いところでお互いを嫌悪していた。言い争ったところでどうにもならないことは分かっている。だが得てして人は、こじれた関係もたらす不安と不和に対処するすべを他に知らないのだ。そして結局、後悔する。

一体ここで何をやっているのだろう。二日間ここで何をして過ごせばいいんだか。

彼は浮かない顔でつぶやきながら、パンフレットをスーツケースから取り出しベッドに寝転んだ。なおさら高く感じる天井。さらに遠ざかる地球の向こう側。彼はゆっく

〇一六

り眠りについた。これで少なくとも数時間はやり過ごせる。

二日目の朝……窓の外はすっかり霧に覆われていた。ガイドブックに書かれていたとおりに。そして取引先の人が説明してくれたまさにそのとおりに、窓から見下ろすと道の両側にはいつの間にか野菜を売る朝市の露店がひしめき合って並んでいた。彼は窓を開けたまま食堂へ下りた。朝早いせいか、食堂では三、四人が低い声でささやきながら朝食を取っているだけだった。アメリカ人と思しき若者たちは天気について話していたのか、昼間は晴れるはずだよ、と彼らを安心させる女主人のからっとした声が聞こえてきた。コーヒー二杯、トースト一枚。彼の注文は簡単で、食事を終えるとやけに疲労を覚え、いそいそと部屋に戻った。朝八時。心の中のソウルは、あらゆるものが闇を帯びる日付のない真夜中。

彼は観光パンフレットを開き、大きな活字で印刷された、サン・マルコ広場、トルチェッロ島、サルーテ聖堂……のような単語にぼんやり目をやった。一人旅は退屈だ、と彼は思った。よく考えると、出張でこんなふうに丸二日ぽっかり空くのは今回が初めてだ。まるで意図的に空けたかのように。そもそも一人で旅すること自体、今回が初めてではなかろうか。いつも仕事、あるいは大人数での旅行だった。頭の中を駆け

〇一七

巡る面々。今の彼には妻、友人、同僚、その誰とも、一緒に旅する様子を一秒以上想像することができなかった。遠くに見える影のように暗い川辺を歩くハナコの後ろ姿が、逆光に浮かんで消えた。オフシーズン、ベネチアほど観光名所の開場時間がいい加減な街もないよ、一つでも多く回りたいなら朝を活用したほうがいい。三時以降はどこも閉まるから。情報通のKの声がぼんやりと耳に響いた。

彼は受話器を取った。そして手帳の、電話番号が走り書きされたページを開いた。ソウルの電話番号ではなく、ハナコの電話番号。

ただ仕事で来て彼女の近況を聞いたということにしよう。あのときのちょっとした気まずい事件、あれくらいのことは今頃きっと忘れているはずだ。

初めて彼は、ハナコがこの地球の反対側の国で何をしているのだろうとふと気になった。彼の記憶では、イタリアにハナコの親戚や友達がいるとか、この国の言葉を学んだ知り合いがいるとかいう話は聞いたことがなかった。かくいう自分も、そういった理由でこの国に来ているわけではないが。彼は四人をたどってようやく、ハナコの住所と電話番号を入手することができた。もちろんもっと手っ取り早い方法もあった。しかし自分の身元をあえて明かしてまで彼女の所在を把握したくなかったし、

〇一八

だからこそハナコの連絡先を教えてくれた、彼女の同窓生だという不親切な声の男に、彼女の近況を知りたいとずばり聞くことができなかった。

電話番号は、ベネチアから列車で一時間ほどの小さな街の市外局番から始まった。とても小さな街だそうだが、彼女はそこで何をしているのだろう。なぜかその瞬間、修道院やそれに似たひっそりした空間が脳裏に浮かんだ。路地に入るたびに姿を現す無数の教会のせいだろうか。修道女ではないとしても、それらしい姿をした彼女。しかしそのイメージに、具体的にハナコの顔が浮かんで合わさったとき、彼は若干の居心地の悪さを感じた。これまでにも何度か経験した感情だが、いつまでも慣れることはない。何となく嫌気が差し、苛立ちが入り混じる。

彼は受話器を持ったまま市外局番を押し……そこからひと思いに七桁の番号を押した。呼び出し音が鳴り……鳴り続き……誰もいない空間で鳴っているであろうその呼び出し音から、何かメッセージを読み取ろうとしているかのように、彼はその規則的に繰り返されるリズムに耳を傾けた。誰も電話に出なかった。朝早すぎたかな。時計を見ると八時半を回っていた。彼はそっと受話器を置いた。まるでやりたくない宿題を先延ばしにすることにした人のように軽やかな気持ちで。

〇一九

彼は思った。リアルト橋からサン・マルコ広場まで、誰にも道を尋ねずに歩いていこう。迷路のように入り組んだ路地で迷っても、誰にも聞かずに行くんだ。彼は宿の名前と電話番号が印刷された名刺を一枚持って外へ出た。営業を始めたカフェの大きなガラス窓の向こうでカプチーノを立ち飲みしている人々。高級ブティックや革製品の店でショーケースを磨く店員。ショッピングバッグを持って、店が立ち並ぶ小路をせわしなく行き交う人々に、彼は何気なくハナコの面影を探した。

ここまで取りつかれたようにハナコの記憶がよみがえるのは、妙なことだった。取りつかれたように？　それよりは、しつこくと言うべきだな、と彼はつぶやいた。彼女が住んでいるという場所から遠くない所まで来ているせいだろうか、あるいは霧と、迷路のような短く細い道と、道を進んでいくと決まって出くわす運河のせいだろうか。そうだ。どういうわけか、ハナコといえば水を思い浮かべた。だからみんなもあのとき、自然とあの川辺へ旅行に行こうと思ったのかもしれない。

みんなで集まるのとは別に、ハナコがたまに彼らのうちの誰かと二人きりで会っていることを、全員うっすら知っていた。第一、自分がそうだったから。だがこれについては誰も、一切話題にしなかった。少なくとも彼女との連絡が途絶える前は、そう

〇二〇

だった。他の連中はどうだったか知らないが、彼の場合、ハナコと会う際はいつもきちんと一定の手順を踏んだ。二人で会うとき、彼女はみんなで行く喫茶店とは別の場所を選んだ。

「ふかふかのソファがあるいい感じのカフェを知ってるけど、行ってみます？」と言いながら。

ああ、ソウルのいい感じの店についてでなら、居心地がよく、かつ彼らの気分に合う店を選べる人は彼女の他におそらくいないだろう。彼女が選ぶ店は喫茶店であれ居酒屋であれ、なぜ今までここを知らなかったんだろうと思うほど、彼らがしょっちゅう行き来している通りの、なんてことのない場所に位置していた。それでいて印象に残る特徴が必ず一つはある店。忘れられないほど心地いい背もたれの椅子だとか、装飾が凝っていたり模様が独特だったりするティーカップ……彼女はそういうものを見逃がさずに指摘し、その方面にいささか疎い彼のような人でも、少し経つと二言三言添えられるほどになった。こうして、なんてことのない場所が印象深い思い出の店に変わるのだ。彼女はソウルの隠れた名所リストでも持ち歩いているのかと思うほど、彼と会うときはそれがどこの地区であれ、さりげなく、自分の家に招くように、すてき

〇二一

な店に案内してくれた。

そんなふうに会ってひとしきり話をしてから、通りに出て歩く。そして簡単な食事をする。実に不思議なことだった。学生の頃はさておき、就職してからも彼らはハナコと一緒だと、どういうわけかケチになる癖があった。それは経済的にそれなりの余裕ができてからも直らなかった。他の女とデートするときとは違い、ハナコと会うとき主に彼が選ぶ店は、自分が全部払うわけでもないのに、非常にみすぼらしく安い食堂だった。食事を終えると二人は卓球やボーリングを一、二ゲーム楽しむ。

再び歩き、彼女が選んだ最初の店に戻ってくる。

そして……不思議な力に導かれ、まるで懺悔（ざんげ）でもするかのように、人には言えない自分の情けない内緒話を彼女に打ち明けるのだ。付き合っている彼女に関することを除いたあらゆる話。何歳で初めて自慰をしたとか、直したくても直せない癖のこと、さらにはハナコもよく知る近しい友人たちに対し密かに抱いていた不満に至るまで。

彼女はそういった話を、やや首をかしげたまま聞く。彼が気持ちよく話し終えるまで彼女が話を遮ることは決してしなかった。どんなに衝撃的な話をしても彼女の口元に浮かんだかすかな笑みは微動だにしないので、彼はわざと大げさに自分の黒い一面を

〇二二

暴露することもあった。彼女ほど集中して彼のくだらない話を聞いてくれた女はいなかった。そしてちらっと、仲間の誰かの話も同じように聞く彼女の姿を想像できた。だからといってわずかな嫉妬心もわかなかった。

「話しづらいことだったでしょうに、打ち明けてくれてありがとう」

いつもというわけではなく、ごくまれに彼女はこんなふうに疲れていることを訴えてきたりもした。それは家に帰りたいという合図だった。

遅い時間に店を出て、彼女の自宅方面へ行くバスが来るのを一緒に待ってやることもなく、彼女を暗いバス停に一人残したまま、彼は地下鉄の入り口に向かって歩く。何の気なしに振り向くと、彼女はすでに別のことを考えている表情をしていた。なぜハナコといると彼らは皆、最低限待つことも気遣うこともしてやれなかったのだろうか。

突然のどの渇きを感じた。彼はガラス窓がひときわよく磨かれたカフェに入り、他の客たちのように、きめ細かく泡立ったミルクが上あごをなでるカプチーノを一杯飲んだ。他の客たちのように生き生きとした表情で。サン・マルコ広場へ行く道はどちらでしょうか、と聞きたい気持ちをぐっと抑えた。外へ出

〇二三

て彼は標識の矢印が示す方向ではなく人がたくさん歩いている道を選び、数多くの路地と数多くの小さな広場を回った。まるでこの街の魅力に惑わされまいと心に決めた人のように、上着の襟を立てて正し、みるみる霧が晴れていく運河をたどり小さな橋をいくつも渡った。

彼らのうちで最初に若気の至りともいえる行動を取ったのはおそらくJだったのではなかろうか。一番先に結婚した友達。ある日の○時過ぎ、Jから電話がかかってきた。寝室で電話を受けた彼は、別室に移りもう一台の受話器で通話を続けた。妻に聞かれないよう、ベッド脇の受話器を元に戻すことも忘れなかった。酔ったJがハナコの話をし始めたからだ。ハナコと彼らの連絡が途絶えてから一年あまりが経った頃のことだった。深夜の電話に怪訝な表情で見上げる妻を、彼は大したことないといった口調でなだめた。

「Jだよ。酔ってくだを巻いてるみたいだ」

Jは泥酔しており、酔いに任せて飛び出したとりとめのない独白は、彼の眠気を吹き飛ばすほど好奇心を刺激した。お前は知らないだろうが、一時期ものすごく迷っていたんだよ。俺がバカだった。もっと積極的に押せばどうにかなってただろうにさ。大

○二四

丈夫、大丈夫。女房は実家に行ってるから。ちょっと待ってろ。あの手紙はどこだっけな。聞けよ。大事な部分だけ読むからな。Jは酔った声で大げさに朗読し始めた。

Jさんはいつも大事なことをふざけて言う癖がありますよねえ。だからといってJさんの気持ちを軽く考えているというわけではありません。あなたがこんな手紙を書かなければやっていられないほど、今つらい時期にいることはよく分かっています。でもJさん、もう一度よく考えてみてください。私が本当に、ああいう手紙を受け取るにふさわしい人かどうか。一週間か十日くらいどこかへ旅行に行くといいですよ。そして答えが見つかったら……そのときまた話しましょおおお……。

語尾を伸ばした読み方で手紙の内容をぶち壊したJの声を聞きながら、内心彼はもし自分がハナコで、Jが目の前にいたら一発食らわせたくなるだろうと思うほど苛立った。だが好奇心のほうが勝ったため、その苛立ちはそれほど長く続かなかった。

お前、ハナコの字を覚えてるだろ。俺がどんな手紙を送ったか知ったらたぶんお前は卒倒するぞ。いいか、俺はな、あのとき熱烈なプロポーズをしたんだ。どうしようもなく、そうしたくなってさ。そんなことがあったなんて、お前ら全然知らなかっただ

〇二五

ろ。最近やけに思い出すんだよな。もちろんその一週間後に俺は女房との結婚式の日取りを決めたんだけどさ。こんな手紙、捨てられるわけないよ。ああ、思い出すなあ、ハナコ！

Jは文字どおり、ろれつの回らない口調でロマンチックな回顧をし、彼は適当にJの告白を聞いてやった。彼自身も例外ではなかった。Jの場合と多少の違いはあったが、彼らは各々一、二通の手紙を大切に保管していたのだ。あたかも戦利品のように。彼女が彼らの前から姿を消した直後彼らの間では、出会ったばかりの学生時代に何度かやりとりした、古びたハナコの手紙をお互いに読み聞かせるというのが少しだけ流行した。確かその頃に、酒を飲みながらハナコというあだ名を付けたはずだ。

彼らの手紙に必ず返事をよこしたハナコ。もしかしたら彼女はこの世のすべての手紙に返事をするために生まれてきたのかもしれないと思うほど、それも思わず胸がじんとする返事をよこすのだった。彼女のようにどこか深みがあり、どこか哲学的で高尚な感じがする手紙をやりとりする女が自分にはいるということが、彼らを少し得意な気分にさせた。

ハナコは、彼に生まれて初めて手紙を書きたいと思わせた女だった。妻との交際中

〇二六

も手紙を書きたいと思ったことは一度もなかった。あるときはどこかで読んだ詩の一節を引用して格好つけたことがあったが、彼女はその手紙に「詩の題名を当てるなぞなぞですか?」と冗談めいた返事を送ってきた。ハナコにプライドを傷つけられることはなかった。ハナコとは関係がこじれても別に気にならなかった。その証拠にあんなことがあっても、彼はこうして出張にかこつけ彼女を訪ねようとしている。なぜだろう?

「私たちは友達でしょう」

いつだったか彼が失言をしたとき、それをフォローしようとハナコが言った言葉だ。どんな失言だったかはもちろん覚えていない。だがその失言が呼んだ気まずい波紋については鮮明に覚えている。

彼を含め、メンバーの誰もハナコに自分の結婚式の日にちを知らせなかった。他の人たちはどういう理由からか知らないが、彼はただ単純な不注意からだった。もちろん招待状を用意しているときまでは彼女に送ろうかと考えていた。だが忙しさにかまけて、そのまま忘れてしまった。無意識のうちに計画された物忘れ。遅く結婚した連中はすでにハナコとの連絡が途絶えていたからいいとして、少なくともPとJは、ハ

○二七

ナコと付き合いがあった時期に結婚したにもかかわらず、ハナコに意図的にその事実を知らせなかったのは明らかだった。Jの結婚式のあと彼がハナコに会いJの代わりに謝ったとき、彼女はひと言こう言っただけだった。

「まさか結婚式なんてものを、そんなに大事なことだと思ってるわけじゃないですよね？」

遠くに、写真で見たサン・マルコ広場の鐘楼が見えた。朝早くから観光に繰り出していた人の波が、広場に近づいていることを教えてくれた。海のほうを向いた二頭の金色の獅子が、人っこ一人いない空っぽの広場に鎮座していたなら、彼はもしかしたら感激したかもしれない。普段から彼は人混みを好むほうだった。しかしそこはあまりに多い観光客と物売り、そして丸々と太った鳩の群れでごった返していた。大聖堂に入ろうとチケット売り場で入場券を受け取ったとき、彼はカメラも双眼鏡も宿に忘れてきたことに気づいた。わざわざ買った大聖堂内部のモザイク画についてのガイドブックまで。その事実が彼の気分を一瞬にしてしぼませてしまった。かといって宿まで戻る気は起きなかった。

人々の列に押されるまま中に入ったものの、観光客が一様に口を開け、感嘆して見

〇二八

つめるアーチ型の天井と壁、そして柱にまで隙間なく描かれた金箔のモザイク画は、その華やかな色彩と壮大さで圧倒する以外は、旅支度を入念にしなかった人だけが味わうことのできる底知れぬ退屈さを彼に与えるだけだった。世界中の人々が驚嘆してやまない大聖堂に足を踏み入れながらも頭の中ではあくびをし、雑念は別の時間と場所をさまよっていた。彼は長椅子の端に腰掛け、なけなしの聖書の知識を総動員してモザイクで描かれた場面を数個だけ識別した。彼はしばらくそうして半分気の抜けた状態で、けだるい時間をやり過ごした。周囲を飛び交う数多くの言語の中に韓国語が聞こえてくると、その声にだけ耳を傾けながら、彼は半ば意地になって大聖堂に居座った。老人を連れた若い女性のはつらつとした声が、彼の目の前の天井に描かれているモザイク画について説明していた。「出エジプト記」の一場面。仲睦まじい父娘だ。

　僕はここで一体何をしているんだろう。彼は家に残してきた娘を思った。まだ、ようやく二歳。彼は自分を襲う閉塞感を押さえ立ち上がった。彼が座っていた席を娘が父親に勧めた。出口は入り口より混み合っていた。

　彼は埠頭（ふとう）のほうへ出て深呼吸した。埠頭沿いにぽつりぽつりと並ぶ公衆電話のブー

〇二九

すがしきりに目に入った。そのとき彼のいる場所からそう遠くない所で大きな叫び声が聞こえ、たちまちその声の周りに人だかりができ始めた。彼は気づくと、あっという間に作られた人だかりの輪の最も内側に立っていた。そこではイタリア語で罵りながら、三人の男がプロボクサー顔負けの腕前で激しく殴り合っていた。よくよく見ると二対一のけんかだったが、彼らを囲む誰一人として止めることなく、彼のように目を丸く見開き見物していた。だが一人で立ち向かう男の闘志もまたすさまじいものだった。

人だかりが増えるにつれ、埠頭沿いに立ち並ぶ高級ホテルのテラスにも、けんかを見ようと一人、また一人と見物人が現れ始めた。三人とも革ジャンを着た壮健な若者だった。彼らは時折鋭い気合いの声と荒い息を発する以外は唇をきつく結んだまま、やったりやられたりを繰り返した。言うまでもなく数的に有利である二人の男は、地面に押さえつけられ追い込まれた敵の攻撃の手が緩むやいなや、集中的に蹴り始めた。彼らがある種の沈黙のけんかを繰り広げたとするなら、それとは反比例して群衆の野次はどんどん大きくなった。この国の言葉を知らない彼としては、彼らがまるで相撲の試合でも応援しているかのように見えた。彼も拳をぐっと握りしめてしまうほど、

〇三〇

けんかは激しさを増していった。やはり誰も彼らを止めようとしなかった。彼は攻撃する二人のパンチと蹴りに、興奮が高まっていることに気づいた。さあ、もう一発、蹴るんだ、決定的な一発、それをかませば終わりだ……そのとき、どこからともなく駆けつけた警察官が群衆の中をかきわけ、またたくまに三人を立たせ、どこかへ連れ去った。

　人だかりが一人、また一人と散っていくと、再び公衆電話のブースが姿を現した。彼を呼んでいるかのように。彼はすばやく電話番号を取り出した。地球の向こう側ではなく、すぐ隣の小さな街に電話をかけた。誰かが「もしもし」に当たるイタリア語を三、四回繰り返し、そのあと聞き取れないほど早口で快活な、女の高い声が続いた。彼は慌てて英語でハナコへの取り次ぎを頼んだ。もちろん彼女の本名を伝えて。しばらく保留音が流れ、愉快でガヤガヤとしたイタリア語の中から……耳慣れた明るい声が聞こえてきた。ハナコの声。イタリア語ではない、懐かしい「もしもし」。その瞬間、埠頭に着いたバポレットから乗客の群れが降りた。お互いの腰に手を回し小さな甲板から出てきた若い男女が、笑いながら彼の横を通り過ぎた。そのときまで彼を慎重にさせていた何かが消えるのを感じた。それは勢いよく回る酔いのようだった。

〇三一

彼は自分の名前を告げ、ぎこちなく、ひとしきり豪快に笑ってみせた。彼女の反応を待つことなく彼は矢継ぎ早に説明した。出張旅行中だ。契約書ができるまでの間ベネチアに来ている。またローマに戻らなきゃいけない。その前に君に会いたい。君の居場所と連絡先を調べるのがどんなに大変だったか分かるか。彼は意味もなく何度も大げさに笑いながら、相手に話す隙を与えず、まるで何かから逃げるように早口でまくしたてた。そして突然の停電で止まったラジオのように沈黙した。彼が黙ると、ようやく彼女も明るく大きな声で笑って言った。

「うれしいです。ぜひ来て」

以前と変わらない、低く穏やかな彼女の声がゆっくり続いた。列車を降りる駅の名前、オフィスが位置する通りの名前、そして彼女がデザイナーとして雇われているというインテリア会社の名前と外観……そういったことを彼女は一つずつ懇切丁寧に教えてくれた。あなたが電話をかけているベネチアに比べたらそれほど見るものがない街だ、と申し訳なさそうに付け加えながら。

彼女は何もかも相変わらずのようでいて何かが変わっていた。声でもないし口ぶりがそっけなくなったわけでもないし……話した限り、彼女は心から歓迎する様子だっ

〇三二

たではないか。彼は急に少し脱力するのを感じた。彼女に会いに列車に乗り、彼女が教えてくれた名前の通りを捜して迷い、彼女が働くオフィスにたどり着いて中へ入り、彼女のデスクの横に座って仕事が終わるのを待ち、彼女の生活空間に招かれ、この国の人たちがするように家で手料理を食べ、おしゃべりをする気になれないのだ。そしてなおさら彼女が結婚でもしていたら、生まれて初めて会う彼女の夫という人と、かしこまって話をしなければいけないし……。

彼は尋ねた。空々しく。子どもは何人いるんですか？　彼女は笑い、その質問には答えなかった。彼女の声から何を感じたのか。お邪魔じゃないかと聞くと、彼女は答える代わりに少し黙ったあと、私のことをそんなに知らないんですか？　と質問で返した。

テレホンカードの残高が残りわずかであることを知らせる音が聞こえると、彼女は付け加えた。

「Ｊさんのように、電話しておいて来ないなんてことはないですよね？　Ｐさんのように、お茶の一杯もろくに飲まずに帰ってしまうとか？　ぜひ来て。本当に会いたいですよ」

〇三三

まるでタイミングを計っていたかのように、彼女が言い終わると電話が切れた。彼の頭の中でも何かがガシャンと音を立てた。

彼は旅行に発つ前の飲み会を思い出した。彼らにも伏せたまま、ふらりと発つつもりでいた出張計画のことを、酔った勢いでぽろっと話してしまった。どうしてよりによって、あんな久しぶりに参加した誰かが、不意にハナコの話を始めた。そのとき久しぶりに参加した誰かが、不意にハナコの話を始めた。そのとき久しぶり国人みたいなあだ名を付けたんだっけ？　コハナのほうがよかったのに。一体誰が付けたんだ、あのあだ名は？　本人が知ったらいい気はしないと思うぞ。別の誰かが言った。知るわけないだろ。JもPもその場にいて何かひと言ずつ言っていた。数か月前、彼にハナコの近況を伝えたKの電話もありありと思い出した。みんな、イタリアで暮らすハナコの消息を第三者から伝え聞いたと言うだけで、直接会ったとか電話で話したとかいうことは誰一人言っていなかったのだ。

今すぐ行くという威勢のいい返事とは裏腹に、彼は埠頭をあとにし細い運河に沿って続く路地をゆっくり歩いた。冬だから余計に湿気て見える分厚い藻に覆われ、今にも海に崩れ落ちそうな朽ちた壁の連なり、その連なりが途切れた先に現れる小さな橋、そしてままごとのような暮らしが営まれていそうな、正面の狭い外観の家々。時折そ

こからは音楽や、陽気な日常のせわしない生活音が聞こえてきた。まるで海に沈みかけたこの街を、より沈ませようとしているかのように、色彩を失い藻に覆われた街並みのもの悲しさを、浮き彫りにしようとしているかのように。

運河と路地と橋が織り成す無限の変奏。彼はその変奏に、おぼつかない足取りを委ねた。一度たまたま目に留まった標識は、彼がリアルト橋からどんどん遠ざかっていることだけを知らせてくれる、漠然とした指標にすぎなかった。見知らぬ街で地図を持たず、当てもなく歩く希望なき者の自由。話すことも理解することもできない異国の言葉が飛び交う国で、黙々と迷路をさまようという安息に、彼は物憂げな笑みを浮かべながら浸った。何度だろうか、ハナコ、いやスコベーニ社所属のインテリアデザイナー、チャン・ジンジャの声が軽く、この街が響かせる倍音のように鳴った。そんなに私のことを知らないんですか？ そんなに？ それは引っかけの多いなぞなぞのように、少しずつ彼を迷宮のような街の奥深くへと導いた。

窓の向こう側で、北の都市へ向かう一台の列車が今まさに発進した。すでに日が暮れ駅構内の照明が灯る中、彼は再びサンタ・ルチアと書かれた白い看板を見た。そろ

○三五

そろ彼の乗ったローマ行きの夜行列車が出発する。まだ眠るには早い時間なので座席は一番上の段だけがベッドに変わっていた。彼の他に二人の乗客が、通路側の窓から見送りに来た人と話していた。列車がゆっくり動き出し、ベネチアと本土をつなぐ長い鉄道橋を走り始めた。来たときと同じくらいの時刻。横になっているためより遠くまで見渡せる海の上に、等間隔にオレンジ色のランプが長い曲線を描きながら、行進する修道士たちのように並んでいた。先のとがった数本の杭が合掌するように集まり、黒いベルトで束ねられてできた澪標に、夜の航路を知らせるランプが灯っていた。列車は少しずつ加速し、間もなく海は視界から消えてしまった。ふと何かがはるか彼方で再び崩れ落ちる感じを残して。

束の間を過ごした都市。列車は明かりがどんどん減っていく、人けのない暗い風景の中を走っていた。下の座席の乗客たちも背もたれを倒してベッドにするのに騒がしかったが、突然静まり返った。通路の騒音も少しずつ減っていき、列車は漆黒の夜に向かい全速力で走った。相変わらず向かいの三台のベッドは空いていた。真夜中や明け方にみんなが寝静まった頃、誰かがどこかの駅から、予約した自分のベッドを見つ

〇三六

けて上がってくるだろう。ボローニャ、フィレンツェ……。

あの出来事は一体どうして起こったのだろうか。果たしてあれも事件と言えるのだろうか。

　彼らが葦の茂る原っぱに程近い、沼地のような場所にたたずむあの店をどうやって見つけたのかは、いくら考えても分からなかった。彼らのうち二人がほぼ同時期に中古車を購入したのが事の発端であることだけは確かだ。三連休に彼を含めた五人とハナコ、そして彼女の女友達の七人で二台の中古車に分乗し、運転の練習を兼ねてソウルから洛東江までドライブした。もともと彼らの目的はお気に入りの海岸を探すことだった。だが海を探していた彼らがたどり着いたのは川だった。

　刺身、海鮮鍋……そんな看板がふと目に飛び込んできて、その看板から舗装されていない細い道へ入り込み、しばらく走ると一軒の食堂が現れた。あまりに人里離れた所にある食堂だったが、彼らはそこをその日の終着地とすることにした。その食堂に入るためには靴がすっかりはまるほどぬかるんだ庭を通らなければならず、その庭の隅にはむせかえるような匂いを放つ野の花が雑草のようにうっそうと生い茂っていた気がする。秋の終わりだったか。あるいは初冬。今のような。

〇三七

料理が出てくるまでの間、ここはこの世の果てかと思うほど、見渡す限り真っ暗な川辺をぶらついてから食堂に戻った。料理と酒で徐々に腹が満たされ夜が深まるにつれ、そのときまでの高揚した旅の雰囲気は、しだいに憂鬱で心もとないものになっていった。世界から遮断され今にも泥に沈みそうな、民家のようなその店の個室に入るやいなや、誰からともなく妙な雰囲気が広がり始めた。

ハンドルを握っていたWはあまりに遠くまで来てしまったことを明らかに後悔している様子だった。ある人はソウルに電話しなければいけないと繰り返し、またある人は翌日入っている重要な取引先との約束を忘れていたとぼやいた。連絡先も何も控えてこなかったのだ。当時全員が内心羨ましく思っていた、裕福な家の娘との結婚を控えていたPは、この旅行にかなり乗り気だったにもかかわらず、誰かが慎重に切り出した、宿泊をどうするかという問題に対して最も神経質な反応を見せた。彼はというと、ややこわばった表情をしてはいるものの彼らの変化をただ見ているだけのハナコとその女友達の態度に、何となく反発を覚えた。

社会に出て二、三年で生じた、ひた隠しにしていた虚無感が連休の遠出中に武装解除されたせいだろうか。あるいは人生の疲労と酒と旅が奇妙な化学反応を起こして生

まれた、後戻りできない不安感のせいか。ある一人が部屋を出て戻ってくると、宿泊の問題は解決したから酒でも飲もうと言った。銀行に就職してから集まりへの参加頻度が落ちていた友達だった。彼は、大金で主人を丸め込み二部屋借りたと芝居がかった口調で言った。

その後は、あれよあれよと誰も予想していなかった方向に転がってしまった……七時間以上ドライブしてきたせいで話題が尽きていた彼らは、歌を歌った。いや、正確にはわめきたてた。順番に、豚の断末魔のような叫び声で。そうして変わりゆく雰囲気の中で戸惑いを隠しながら座り、静かに酒を飲み続ける二人の女に、彼らはこぞって歌を強要し始めた。

それはもはや遊びではなかった。ハナコがそのような場で歌うのを嫌っていることくらいはみんなも知っていたし、実際に彼女は歌に関してはまるでダメだった。それを知っているからこそ彼らは冗談半分、脅し半分で歌えと迫った。ハナコの女友達が立ち上がった。だがみんなはハナコの名前を大合唱した。ハナコの女友達は、バツが悪そうに笑みを浮かべながら再び座った。それでもハナコはどういうわけか立ち上がらなかった。彼女の表情もまた少し変わっていったようだった。

誰かがすっくと立ち上がった。歌うか歌わないか賭けようと言いながらハナコに近づいた。彼の食いしばった歯が見えた。同時にハナコの向かい側にいた誰かが、彼女を立たせようと腕を引っ張り上げ、彼女の友達はハナコをつかんだその手をほどこうと中腰になった。彼も立ち上がった。後ろからハナコを立たせるために。誰かが酒の瓶を壁に投げつけた。別の誰かが叫んだ。何の意味もない叫び。そして誰かが引っ張った拍子に、ハナコも、彼女を立たせようと群がっていた二人も床に崩れた。

どれくらいそんなもみ合いが続いただろうか。止める者は誰一人いなかった。止めるどころか、間違いなく誰もがその絡み合いを楽しんでいた。ハナコの歌などもはやどうでもよかった。彼女の友達がいくら叫んで止めたところで何の役にも立たなかった。それに叫んだといっても部屋の外まで聞こえるかどうかの、笑ってしまうような、か細い声だった。そのもつれ合いを一定の秩序が支配しているかのような、異様な修羅場だった。激しいぶつかり合いと粉々に割れていくガラスと浴びせ合う怒号。彼らはお互いに言い掛かりをつけ分の役割を忠実にこなしているかに見える、各々が自いと粉々に割れていくガラスと浴びせ合う怒号。彼らはお互いに言い掛かりをつけ合っていた。少なくともそのときまでは、本当に酔っている人はいなかった。大げさに酔ったふりをしていた。誰もが。もしかしたらハナコも。

少し前から立たされているハナコと女友達の顔は青白く、後ろにまとめられたハナコの髪は無様なほど乱れていた。彼女の服が半分ほど横にねじれていた。誰かがそんな彼女の姿を指差して吹き出した。それがみんなに伝染してじわじわ広がり、どっと狂ったような笑いが起こった。ある種の罰を受けていた二人の女にまでうつり、彼女たちも笑いをこらえきれず吹き出す始末。だが笑っているのか泣いているのか見分けのつかない、ゆがんだ表情をしていた。

ハナコと女友達は、気が触れたように笑いながらバッグを手に取った。そして脱いで置いておいた上着を拾った。笑ったまま、真夜中のいまいましい冷気を部屋の中に呼び込みながら戸を開け、すでに何倍にも深まった暗闇の中へ進んでいった。彼女たちがそのときも笑っていたかは覚えていない。向こうに長い土手のようなものがぼんやり見えるだけで、明かりは庭を照らす薄暗い電球だけ。遠ざかっていく彼女たちの後ろ姿がどんどん黒い闇の中に溶けていき、もはや闇と同化し何も見分けがつかなくなった。たびたび風に翻りながら、ちらりとあわい光を放つ草の葉先以外は。

全員、彼女たちが消えた暗闇の塊のほうを見つめながらも、彼女たちの危険な歩みを止めて連れ戻そうと飛び出す者は一人もいなかった。誰もが、彼女が人家を見つけ

〇四一

るまで、あるいは大通りに出るまで、長いこと暗闇の中を歩かなければならないことをよく分かっていた。しかし狂ったように笑い続けろ、とぜんまいを巻かれたおもちゃのごとく、彼らは笑いを止めることができなかった。誰かが戸を閉めてしまった。皆黙りこくり、状況を飲み込めるほど酔いがさめたため、再び朝まで酒を飲んだ。

翌日は二人と三人に分かれて車に乗り、ソウルへ戻る道中は重苦しく静かだった。ハナコはこうして彼らの集まりから消えた。

それ以来、彼らの間で彼女、チャン・ジンジャが話題にされるときはハナコと呼ばれた。彼女について話したい気持ちと、話すのを控えたい気持ちという相反する欲求がうまい具合に折り合いをつけた結果、そんなあだ名が付いたのだ。時々このあだ名で彼女が酒の席の雑談に登場することはあっても、あの日、みんなが洛東江のほとりに漂着したあの日、暗闇の中へ消えてしまった影が持つ真実については、誰一人として語ろうとしなかった。

あの夜は、なじみがないからこそ一層暗く見えるこの旅先の夜のように、なすすべがなかったように思う。彼は闇に背を向け膝を縮こめて寝返り、壁のほうを向いた。下の座席からは、け誰かがのんきな低い口笛を吹きながら通路を速足で通り過ぎた。

〇四二

たたましいいびきが聞こえてきて、ベッドは相変わらず三台空いていた。

ローマで降りたらすぐソウルに電話をかけよう。自分の気持ちは以前と何一つ変わっていないと。君がいないと心にぽっかり穴があいたようだと。ぜひ一度娘を連れてベネチアに一緒に来ようと。そんな不確実な、あいまいな言葉を伝えるために電話をかけよう。何もかもすんなりうまくいく。今までそうだったように。だがもし妻がこう言ったら。今回はそうはいきません。話をしましょう。一度でいいからお互いに腹を割って。彼は眉間に深いしわを寄せながら眠った。

ソウルで彼はみんなを集めて酒を飲んだ。例のごとく仕事の話や世間話や儲け話……などの話題で盛り上がった。彼もまたJのように、あるいはPのように、はたまた他の誰かのようにイタリアとベネチアのゴンドラ——どうしてあれほど有名なあの街の名物が彼の心には刺さらなかったのか——の異国的な美しさを絶賛した。そして酔った彼らはいつものように、とどのつまり世の中はどうにかこうにかそれなりに回っており、子どもたちはすくすく育っており、妻とは根本的な摩擦さえ避ければうまくいき、明日は今日ほど疲れないだろうし、きっと少しは景気もよくなるだろう、といった具合に要約できる話をくどくどと続け、あくる日の出勤に備えて解散した。

〇四三

「そんなに私のことを知らないんですか？」という電話越しのハナコの声音は、時たま幽霊のささやきのように彼の耳に響いた。しかしそのような質問に答えるには、彼の人生はあまりにせわしなかった。イタリアの帽子生地メーカーとの取り引きは順調に続いていたが、彼はその後一度も出張を申し出なかった。彼からすると常に不満はあったが年相応の地位に昇進していたため、そういった類の出張に直接行く必要がなかったというのもある。彼は、より重要なことを決定する人になり、そういう仕事で忙しかった。妻と小学校入学を目前に控えた娘を連れて、ベネチアへ家族旅行に行くなど到底かなわないほど。

取り引きが活発になってからというもの、イタリアの商工会議所は毎年、海外のバイヤーに向けた広報誌形式の英語版商業情報誌を、律儀に彼の会社に送ってきた。彼の出張から数年が経ったある月にも。

その月の号には、二人の東洋人女性が写った大きな写真とインタビュー記事が載っていた。「東洋の魅力を椅子に吹き込む韓国人デザインユニット、帰国前夜のインタビュー」。そんな見出しの記事と共に載っていた写真の中の一人はハナコで、その横

○四四

で明るく笑っているのは、もはや名前すら思い出せない、この世にたった一人しかいないように思えた彼女の女友達だった。そこには二人が偶然参加した独創的なデザイナー二人組として独立するまでの過程が、対談形式で書かれていた。まさに彼らとよく会っていた頃のハナコについて、彼が何一つ知らない、彼女の学生時代の略歴についても紹介されていた。

いつ、どうやってハナコは、彼らの知らぬ間にこんな人生を送っていたのだろうか。

インタビュー記事はこの女性ユニットが椅子のデザインだけにこだわる専門性について触れ、使いやすさと感覚的な美しさを同時に追求する彼女たちのデザインの独特な魅力に敬意を表した。残りの部分は彼女たちがデザインした椅子の写真が添えられた専門的な内容で、イタリアと韓国で展開される彼女たちの事業についての具体的な段取りと計画が説明されていた。この二人の女性についての記事は、あるときは共同経営者であり、またあるときは人生のパートナーだと書いていた。

ハナコの顔は、隣で笑っている友達のほうを半分向いていて、筋の通った高い鼻が一層際立って見えた。

訳者解説

本作は一九九四年、『文学思想』に掲載されたチェ・ユン二作目の短編小説である。この作品は「人間の匿名性を格調高い技法で形象化した」と評価され、同年、韓国で最も権威ある文学賞である李箱文学賞を受賞した。物語は「彼」が出張を機にベネチアを訪れ、仲間内で「ハナコ」と呼んだ、かつて親しくしていた女友達に関する記憶をたどる二日間を描いている。水と霧の都市ベネチア。その幻想的で迷路のような街を「彼」はあてもなく歩くが、「彼」の「ハナコ」に対する記憶もまた、霧に覆われたようにあいまいだ。

著者チェ・ユン（本名チェ・ヒョンム）は一九五三年、ソウルで生まれた。幼い頃は漫画家や画家を志したこともあったが、西江大学国文学科、同大学院に学び、一九七八年に評論「小説の意味・構造・分析」を『文学思想』に発表し批評家としてデビューする。その後渡仏し、プロバンス大学でフランス文学

の博士号を取得。帰国後の一九八八年、中編小説「あそこに音もなく一枚の花び
らが落ち」を『文学と社会』に発表し、小説家として本格的な活動を始めた。一
九九二年、短編「灰色の雪だるま」で「感覚的で幻想的な文体を通じ文学的品位
を維持している」と評され東仁（トンイン）文学賞を、二〇二〇年に短編「所有の文法」では
「人間の属性を鋭く正確にとらえ、洗練された物語と完璧に近い文章の妙味を見
せてくれた」と高く評価され李孝石（イ・ヒョソク）文学賞を受賞した。二〇一八年まで西江大学
仏文科で教鞭を執り（二〇二一年現在は名誉教授）、フランス語翻訳家、文学批
評家としても活躍している。教え子には「韓国文学ショートショート」シリーズ
『静かな事件』の著者ペク・スリンがいる。

チェ・ユンの作品には社会と歴史、イデオロギーといったテーマを扱ったもの
が多い。初期の作品はこの傾向が顕著で、「あそこに音もなく一枚の花びらが落
ち」は一九八〇年に起きた光州民主化運動の悲劇、「灰色の雪だるま」は軍事独
裁下における人々の挫折と希望、「父監視」では南北分断が生んだイデオロギー
の葛藤など、時代のうねりの中で生きる人々の心の機微を、抑制の効いた繊細な

筆致であぶりだしている。また著者は、演説調で展開される「パンドラのカバン」、手紙形式の「あの家の前」、二人称小説の「渇きの詩学」など、文体や叙述方式においても作品ごとに多様な試みを見せており、小説の可能性を模索しようという意識がうかがえる。

翻訳家としても精力的に活動する著者だが、そのきっかけはフランス留学だ。比較文学研究をしようと渡仏したものの、当時はフランス語に翻訳された韓国文学作品がほとんどなく、断念したという。その事実に落胆し、将来は韓国文学を翻訳し海外に広めようと心に誓った著者は、これまで李清俊の小説など数々の作品をフランス語に翻訳している。

フランス留学は、著者の創作活動にも大きな影響を与えた。留学中に光州民主化運動が起き、韓国から遠く離れた異国の地で、軍事政権下だった韓国から十分な情報も伝えられない状況で、なすすべもなく傍観しているしかなかった著者。光州で起きた悲劇について、自身と同じく民主化運動の当事者ではなかった人々と共有したいという思いから書いた作品が、デビュー作「あそこに音もなく一枚の花びらが落ち」だった。著者はこの小説を、起こったことを情報として知らせ

るより、光州民主化運動が一つの普遍的な事柄として、時代的な文脈を離れても存在できる作品にしようと苦心したという。

「ハナコはいない」が発表から四半世紀以上経った今なお読者の共感を呼んでいるのも、そういった、物語に普遍性を持たせようという著者の信念によるものだろう。

「ハナコはいない」は、たびたびフェミニズムの観点から語られる。「ハナコ」は美人ではないが鼻だけは美しいという理由から、「彼」とその男友達がその女性、チャン・ジンジャにつけたあだ名だ。彼らは面と向かってジンジャを「ハナコ」と呼んだことはない。彼らにとって「ハナコ」はまったく気を使う必要のない、時には恋情を抱く相手だった。彼らは酒を飲んでいるときには気分転換にハナコを呼び出したり、懺悔や内緒話に付き合わせたりする。だが誰一人として、「チャン・ジンジャ」個人について理解しようとしないし、興味すら持たない。そしてある出来事をきっかけに「ハナコ」は彼らの前から姿を消してしまうが、それすら「彼」は「なすすべがなかったように思う」と振り返る。この出来

事の後に、彼らは「ハナコ」というあだ名を使うようになったことで、無意識に
ジンジャから名前を奪い、いわば女性という記号としてジンジャを扱う。「彼」
が語る、その日常的で淡々とした描写が、かえって彼らの残酷さを際立たせる。

しかし著者は本作を、他者との関係について考える作品だと、自身の散文集で
語っている。

「この作品は私たちが他者と結ぶ関係の中に潜む、体の出来物のような、あるい
は見慣れた壁の隙間のような、ゆがんだ習慣について一度じっくり見直してみた
作品だ。」(『内気なアウトサイダーの告白』「人間関係の出口―ハナコはいない」より)

体に小さな出来物があっても、壁にわずかな隙間が空いていても、大きな不便
がなければ私たちは改善しようとするより、それに慣れようとする。しかしそう
しているうちに出来物はガンになり、壁の隙間は大きな亀裂になる。このように、
面倒だからと問題に向き合わず見て見ぬふりをする「ゆがんだ習慣」は、時に私
たちを驚愕させ、裏切られたような気持ちにさせるのだと著者は言う。

「彼」や男友達の他者との接し方は、この「ゆがんだ習慣」そのものだ。彼ら
は「友達だから」と惰性で集まって酒を飲む。会話は世間話に終始し、核心に触

れるような話題は避け、お互いに一定の距離を保ち続ける。そんな彼らの習慣化した上っ面な人間関係とは対照的に、ジンジャは真摯に他者と向き合おうとしているように見える。彼らの誘いに快く応じ、どんな話にも熱心に耳を傾け、手紙を受け取れば丁寧な返事を送る。ジンジャの心情については作中で描かれていないため推測することしかできないが、彼らと誠実に接してきた彼女が「ある出来事」に遭遇したとき、思うところはあったはずだ。にもかかわらず言葉をのみ込み苦笑いしながら彼らの前を去ったのもまた、彼女の持つ「ゆがんだ習慣」ゆえなのかもしれない。

先に紹介した散文集で著者は「人間関係は迷路のようで、じっくり注意深く探らなければ出口にたどりつくことはできない」と述べている。冒頭の「迷路に入り込め。それを恐れるほど道に迷うであろう」という一文は、他者と深く関わることを恐れ、つい逃げ腰になってしまう「彼」、そして我々への忠告のように思える。

著者が小説を書く原動力は「よりよい世界に対する愛、無限の好奇心、人間の可能性に対する信頼」だという。「私の頭には絶えず、よりよい世界が思い浮か

ぶ」とたびたびインタビューで語っている。「ゆがんだ習慣」は世の中のそこか

しこに横たわる。取り除くのは面倒でなかなか腰が上がらないし、時には勇気を

要する。だがうまく取り除けば、私たちの世界は確実によりよく豊かになるだろ

う。「ゆがんだ習慣」から目をそらさず一歩踏み出すこと、その実践を著者から

ゆだねられているように思う。

朴澤 蓉子

하나코는 없다

폭풍이 이는 날에는 수로의 난간에 가까이 가는 것을 금하라. 그리고 안개, 특히 겨울 안개를 조심하라⋯⋯ 그리고 미로 속으로 들어가라. 그것을 두려워할수록 길을 잃으리라. 로마에서의 일을 끝내자마자 그는 기차에 올라탔고 저녁 늦게 베네치아에 도착했다. 그리고 방향 잃은 김이 하얗게 서려오는 새벽의 어느 창가에서 그는 이 환상에 가까운 팻말을 보았다. 여전히 정리되지 않은 몽상을 헤매는 피곤한 꿈속에서였다. 그러나 그것은 이탈리아에 도착한 이래 그가 읽은 여러 여행 안내책자 속의 단어들이 거의 무의식중에 조립된 것일 뿐. 그가 눈을 떴을 때 기차는 어두움 속에서 육지와 베네치아를 잇는 철로 다리 위를 달리고 있었다. 약간 설익은 어두움. 겨우 여덟 시를 넘겼을 뿐이다. 이윽고 베네치아 산타루치아라는 진짜 팻말이 어둠 속에서 떠오르며 기차는 역 안으로 들어섰다. 기차에서 내리는 사람들의 흐름을 따라 역을 나왔을 때⋯⋯ 그는 서른두 살의 생애에 그가 본 것 중 가장 놀랍고 이상한 도시 앞에 있음을 알아차렸다. 무거운 장식을 머리에 이고 있는 건물들이 물위에 가

득 떠 있는 도시, 그것은 침몰 직전의 거대한 유람선처럼 수로 위에서 흔들리고 있었다. 그러나 거기에는 난간도, 안개도 없었다. 숙소까지 태워다줄 작은 배에 오르면서 그는 서서히 여행 초기부터 그를 지배하던 이상한 최면 상태에서 깨어났다. 유령들처럼 말이 없는 승객들에 섞여 그는 혼자 중얼거렸다. 아, 이것이 베네치아군. 지금부터 여기서 뭘 한담? 이탈리아 거래처의 한 직원이 그의 부탁에 따라 예약해둔 여인숙은 이 물과 안개의 도시, 구시가의 중심에서 멀지 않은 리알토 다리 근처에 위치해 있다고 했다. 꼬불꼬불한 수로의 자락들, 그리고 누군가가 오래전에 그려놓아 색이 바래고, 시간이라는 습기에 침윤되어 낡아버린 건물들이 늘어선 거리가 내려다보이는 작은 방. 거래처 직원은 그 여인숙에 한 번 머물렀던 적이 있다고 하면서 괜찮다면 예약하겠노라고 했다. 물론 그는 반대할 이유가 없었다. 그는 이렇게 비현실적으로 베네치아에 와 있었다. 이탈리아에 도착한 이래 점점 잦아드는 용기를 길어올리기 위해, 혹은 그의 용기를 부추기는 무언가에서 도망하는 것처럼. 모든 일은 갑작스럽게, 우연히 이루어졌다. 일상의 자리를 떠난 지가 기껏해야 나흘밖에 되지 않았음에도 그 가까운 어제가 몇 년 전의 시간처럼 느껴지는 허구에 가까운 여행의 시간. 여행의 시간으로는

정확하게 잴 수 없는 어느 날, K의 전화가 있었다. 족히 오륙 개월은 된 것 같다. 그때 그는 먼 출장에서 돌아왔다고 말했다. 고등학교 때부터의 친구. 대학 시절의 크고 작은 악행의 공범자이자 사회에서의 동업자. 그 자신과 K, 그리고 서너 명의 고등학교나 대학 동창들은 최소한 한 달에 두어 번은 만나게 되어 있었다. 서로 할말이 딱히 있지도 않고 그들 중 대부분은 서로 다른 일에 종사하는데다가 꼭 서로를 열렬히 그리워하는 것도 아니지만, 친구니까. 때로는 그들 친구들끼리, 주말에 만날 때면 너나 할 것 없이 아이 한둘은 매단 채, 아내를 데리고. 건강식품 광고에 나오는 이상적인 가족 세트처럼. K가 출장에서 돌아왔다면 어찌 그에게 전화하지 않고 다시 일을 시작하겠는가. 그들은 물론 모자에 대해서 얘기했다. 그들의 사업 종목인 모자에 대해서. 모자에 대해서 얘기하면서 그들은 그 직업적 정보 속에 전달할 만한 것은 대충 다 전달한다. 하다못해 음담패설까지. 화학도 사회학도 모자와는 아무런 관계가 없었지만, 대학 졸업 후 취직한 한두 회사를 거치면서 그와 K는 각기, 어쩌다가, 아주 우연히 모자 전문가가 되었다. 그것이 고정적으로 만나는 그들 중에서 그와 K를 각별히 맺어주는 이유였다. 모자에 대해 얘기할 때 그들은 진지했다. 그들은 이제는 달리 할말이 많지 않

왔기 때문에 제법 오랫동안 사업 얘기를 했다. 그렇지만 그 얘기가 조금 억지로 길어진다고 생각했던 것은 꼭 그 혼자 감지한 것은 아니었다. 그들은 그 정도는 서로를 잘 알고 있는 것이다. 그리고 K가 갑자기 말했다. 마치 우연히 생각이 났다는 듯이. "하나코…… 말이야." "……?" "누구한테 들었는데 하나코가 이탈리아에 있다는군." "그래? 그런데?" "그냥 그렇다는 거지. 혹네가 궁금해할 것 같아서." "왜 꼭 나야?" "그래, 다들 궁금해하고 있을 거야. 조금쯤은." 누가, 언제, 어디서, 무엇을 하고 있는 하나코를 보았다는 것인지. 그런 자세한 내용을 그가 K에게 묻지 않은 것처럼, 그 소식을 전달한 사람이 누구든, K 또한 자세한 질문을 틀림없이 피했으리라. 그들의 차가운 우아함은 이런 식의 예절을 잘도 배치할 줄 알았다. K와 그 사이에 잠깐 어색한 침묵이 흘렀지만 그는 상큼한 농담을 끝으로 적당히 전화 통화를 끝냈다. 그리고 며칠 뒤에 가진 술자리에서 K는 그 전화에 대해서 그에게는 물론 다른 친구들에게도 더이상 한마디도 언급하지 않았다. 그도 그 전화 건을 까맣게 잊어버린 것처럼 굴었다. 그러고 나니 정말 잊어버린 것 같은 느낌이 들었다. 그러고는 정말로 그 작은 전화 건을 잊어버렸다. 늘 그렇듯이 그들은 술자리에서 토론이 되면 곧바로 세상이 바뀌기라도 할 것처

006

럼, 잘못 돌아가는 세상의 이모저모를 들추어대며 잠시 열을 올렸다. 술자리의 열기가 식어간다는 징조였다. 그들은 더이상 젊지 않았고, 조금씩, 견고한 사회에서 겁을 먹기 시작했고 갑자기 삶이 즐거울 수 있는 확실한 대책이 없었으며…… 그래서 그들은 자주 만났다. 하나코. 그것은 그들만의 암호였다. 한 여자를 지칭하기 위한 그들 사이의 암호. 한 여자가 있었다. 물론 그 여자에게도 이름이 있었다. 그 이름은 그들의 도시적 감성에는 그다지 매력적으로 다가오는 이름이 아니었다. 그렇다고 그 때문에 암호를 사용한 것은 아니다. 그리고 하나코 앞에서 그녀를 별명으로 부른 적도 없다. 그들끼리만 모였을 때, 지루하고 전망 없는 하루저녁 술자리에서 그녀를 지칭하느라 우연히 튀어나온 농담조의 이 별명이 암호가 되었다. 그들은 암호 만들기를 좋아하는 삶의 그리 밝지 못한 단계를 지나고 있었다. 약간씩의 차이는 있지만 그들은 대충 스물너덧 정도의 나이를 먹었고 모두들 대학 졸업을 앞둔 상태였다. 어느 날 그들 무리 중 하나가 비슷한 나이 또래로 보이는 한 여대생을 소개했다. 키가 유난히 작고, 낮은 목소리로 그들의 대화에 무리 없이 끼어들고, 머리를 왼쪽으로 기웃하면서, 가끔 논리를 벗어난 그들의 객기에 대해 진지한 표정으로, 아주 심각하게 질문을 던지던 여자. "왜 그렇

게 생각하죠?"라든지, 혹은, 약간 우울한 눈을 하고, "아마 우리가 모두 젊기 때문에 그럴 거예요. 어떻게 그 젊음을 써야 할지 모르기 때문에 말이죠." 같은 말을 해서 그들 모두를 당황케 만들던 여자가 하나코였다. 그러나 이제 와서는 많은 것이 불분명하다. 그게 정확하게 언제였는지, 어떤 모임이 계기가 되었던 것인지, 그녀를 그들에게 소개한 것이 P였는지 Y였는지 아니면 그도 저도 아닌, 지금은 그들에게서 멀어진 그 시절에 알고 지내던 어떤 누구였는지…… 그래, 그녀는 코가 아주 예뻤다. 그녀의 용모가 그다지 눈에 띄지 않는 어떤 분위기를 전달하는 반면, 그녀의 코 하나는 정말 예뻤다. 정면에서 보건, 옆에서 보건 일품인 코를 가진 여자. 그래서 붙여진 별명, 하나코. 그러나 이 암호는 그들이 어울려 다니던 시절에 만들어진 것은 아니었다. 그리고 이 별명이 붙여지기 전에, 그녀를 생각하면서 맨 먼저 떠올리는 것이 그녀의 코는 분명 아니다. 그녀의 별명이 하나코가 된 데는 숨기고 싶은 그들 모두의 실수가 있었다. 아무도 꼼꼼히 되돌아보고 싶지도 않으며, 더욱이 인정하기 싫은 취기 속에서 일어난, 많은 사실들을 숨기고 있었던 작은 실수. 이렇게 별명으로 불러야 마음이 편한 상대를 누구나 한 명쯤 숨겨 가지고 있다면 그들에게 이 대상은 하나코였다. 대부분 고등학교 때

부터의 동창인 그들은 취직 시험을 앞둔 대학 마지막 해에는 거의 매일 만나 같이 취직 공부를 했으며, 사회 초년생 시절에도 분주하게 핑계를 만들어 자주 모였다. 가끔 한 달에 한두 번쯤, 그들 중 누군가가 하나코에게 전화를 걸었고, 그녀는 혼자 혹은 이 세상에 하나밖에 없는 것 같던 늘 똑같은 여자친구 한 명을 대동하고 그들의 모임에 합세하곤 했다. 지금은 이름조차 기억나지 않는 하나코의 친구에 대해 남은 기억은, 그녀가 한 번도 모임의 끝까지 남은 적이 없었다는 정도가 다였다. 집이 멀다든가 하는 이유로 모임의 분위기가 무르익으려고 하면 그녀는 하나코의 귀에 몇 마디 말을 던지고는, 그녀가 타는 지하철이 호박으로 변할 것을 두려워하는 신데렐라처럼 황급히 자리를 떴다. 이상하게도 어느 누구도 비록 빈말이라도 그녀를 붙잡지 않았다. 그들의 관심을 끈 것은 말이 없던 그녀보다는 가끔 재치 있는 농담도 하고, 모든 대화에서 가끔 오호! 하는 감탄사까지 유발시키는 발언을 나직나직한 목소리로 할 줄 아는 하나코였다. 모임에 분위기 쇄신이 필요할 때라든가, 각자 사귀고 있던 여자와의 까다로운 심리전에 지쳐 있을 때, 또는 그렇고 그런 각자의 얼굴에 조금은 싫증이 나지만 안 볼 수 없는 관성 때문에 만나서 술잔이나 기울이게 되는 모임이 있을 때 그들은 하나코

에게 전화를 걸었다. 전화를 받으면 그녀는 늘 흔쾌히 그들과의 만남을 수락했으며, 기억하건대 한 번도 설득되지 않을 만한 이유로 그들의 제안을 거절한 일이 없었다. 뭐 생리통이라든가, 고향 친구가 와 있다거나 하는 어쩔 수 없는 이유들이었다. 그것이 진짜건 가짜건 무슨 차이가 있겠는가. 그녀의 어조는 늘 진지했고 그들은 박물관에나 넣어둘 만한 그 진지함을 재미있게 생각했으며 예상외로 잘 설득되었다. 사회 초년생이 되면서 그들은 더 자주 만났다. 그들은 그녀에 대해 아는 것이 거의 없었다. 어떤 대학에서 미술을 전공했다는 것 외에 그녀가 그림을 그리는지, 조각을 하는지, 혹은 이런 모든 것을 다 하는지 알지 못했던 것이다. 그들 주변에는 이 방면에 정통한 사람이 없었기 때문에 가끔 그녀가 밝힌 사항들은 그들에게 매우 막연하게 들렸다. 그들은 마티에르라는 단어를 알고는 있었지만 대학을 졸업하고 난 다음까지 왜 돌과 흙과 나무를 그렇게 중요하게 구분해야 하는지 깊게 알고 싶지 않았다. 그녀의 집안에 대해서는 더 말할 것도 없이, 그들이 알고 있는 것은 단지 그녀의 전화번호와 가끔 도착하는 편지 봉투에 적힌 주소뿐이었다. 그들이 그녀를 알고 지내던 몇 년 동안에도 그녀의 주소는 여러 번 바뀌었거나 아니면 그녀는 동시에 여러 군데 주소를 가지고 있었

다. 한번은 기숙사였고 때로는 ×××씨 댁이었고, 한번은 ○○
아틀리에…… 이런 식이었다. 조금 이상하게 느껴질 수도 있었
던 이런 그녀의 일상사는 어쩌면 한 번도 그들의 궁금증을 자
극하지 않았다. 오히려 그런 것이 하나코에게는 아주 자연스럽
게 보여 궁금증을 표현하기가 멋쩍어졌다고나 할까. 그들의 모
임에 여성이 끼어드는 것은 하나코가 처음은 아니었지만 하나
코만큼, 모임의 균형을 깨지 않으면서 오래, 지속적으로 만나게
되는 여성은 많지 않았다. 왜 그랬을까. 그녀가 마치 공기나 혹
은 적당한 온기처럼 늘, 흔적 없이 그들 옆에 있다가는 사라져버
렸기 때문이었을까. 그 일이 일어나 그녀가 아주 그들의 모임에
서 사라져버리기까지. 그래 그때까지 그녀는 그렇게 늘 없는 듯
있었고, 어느 누구도 그녀가 어느 날 그들의 부름에 대답하지
못할 미지의 곳으로 사라져버리리라고는 한순간도 생각해본 적
이 없었다. 그는 역 근처에서 지도를 한 장 사들고 이탈리아인
동업자가 적어준 여인숙의 위치를 찾았다. 바포레토라고 불리는
배를 타고 리알토에서 내려 다리를 건너지 말고 왼쪽으로 왼쪽
으로 도십시오…… 그는 하루종일을 기차 안에서 보낸 터여서
지칠 대로 지쳐 있었다. 이탈리아에 도착한 이래 쉴 시간이 없
었거니와, 서울을 떠나던 당시의 조금은 탐닉적인 구석이 없지

않은 우울이 어디를 가든 질기게 쫓아다녔다. 그는 정거장에 배가 도착할 때마다 밧줄을 능숙하게 풀었다가 되감는 멋진 옆얼굴의 청년 옆에 서서 물위에 떠 있는 건물들을 멍하니 바라보았다. 따뜻한 오렌지 빛깔의 조명에 비추어진 건물의 내부가 초가을의 습기찬 대기를 더욱 스산하게 만들고 있었다. 대체 이 생판 모르는 나라, 생판 모르는 도시에서 이틀 동안이나 무엇을 한담. 관광? 야, 아무리 바빠도 베네치아는 꼭 다녀오라구. 먼저 거래선을 트고 이탈리아를 다녀갔던 K의 말이었다. 그렇지. 누구나 한 번 정도는 베네치아에 가고 싶어한다. 특히 사랑에 빠진 남녀나 신혼부부가 가장 가고 싶어하는 도시 중 하나라는 베네치아. 그의 입가에 씁쓸한 미소가 떠올랐다 사라졌다. 마치 모든 것이 서서히 바다에 빠져들 것만 같은 느낌을 주는 이 도시에서 그가 상상할 수 있는 것은 아주 어두운 것들뿐이었다. 그렇지만 그가 새롭게 튼 이탈리아 거래처와의 첫 단계 일을 마무리하자마자 베네치아행을 결정했다면 그것은 K의 조언 때문만은 아니었다. 그의 목적지는 이 도시가 아니었다. 이 도시에서 아주 가까운 또다른 도시의 한 주소였다. 다리를 건너지 말고, 왼쪽으로 돌고, 또 돌면…… 이후 이틀 동안 지루할 정도로 보게 된 낡은 사층짜리 건물에 이틀 밤이 예약된 여인숙, 펜치오

네 알베르고 게라토. 거기에는 다리 저는 여자가 이탈리아어 영어 불어 삼 개 국어를 자유자재로 구사하면서 무섭도록 커다란 개를 한 마리 데리고 근무를 하고 있었다. 그 여인이 안내해준 방은 삼층의 7번. 상사 사람의 말대로라면 그 여인숙의 방에서는, 낮에는 색색의 과일과 야채상이 늘어서서 볼거리를 제공해 준다는 아담한 거리가 창문 밑으로 내려다보였다. 좀더 멀리에는 중앙 수로와 약간 숨어서 부분만이 내보이는 불 밝혀진 리알토 다리도. 한적한 밤시간, 거리는 완벽히 비어 있었다. 멀리서 한두 번 젊은 웃음소리가 투명하게 울렸다가는 여운 없이 사라졌다. 그리고 아주 가까이에서는 배가 지나가면서 물살을 가르는, 이상한 외로움을 자극하는 평화로운 소리. 저처럼 부드러이, 곤두선 삶의 비늘들을 쓸어줄 얼굴이 있다면. 왜, 이렇게, 어디를 가나 무너지는 소리뿐이람. 서른 살이 넘어 갑자기 방문한 감상에 그는 확실히 당황하고 있었다. 그들은 하나코의 신상에 대해 아는 것이 많지 않았다. 대학을 졸업하기 전에는 동급생들과 함께 미술 학원에서 아이들을 가르친 적이 있다는 것 외에, 정확히 생계를 어떻게 꾸려가고 있는지, 혈액형이라든지 형제가 몇이나 되는지…… 이런 것들을 한 번도 그녀에게 터놓고 물어본 적이 없는 것이 이상했다. 설령 그 비슷한 일이 화제에

013

오를 때면 꼭 일부러 그랬던 것처럼 그녀는, 자신의 일로 시간을 소비해버리기가 아깝기라도 한 것처럼, 자연스럽게 다른 방향으로 말머리를 돌리기도 했다. 그러고 보니, 한 번쯤 그녀의 전공이 조각이라는 정도의 얘기를 들은 적이 있는 듯하다. 그렇다고는 해도 그저 명성 있는 조각가 밑에서 조수로 일을 도와주고 있는 정도라고 웃으며 덧붙이던 얼굴도 생각난다. 자신의 키보다 서너 배가 더 큰 돌덩이와 씨름한다고. 사실 그녀의 키는 아이처럼 작았기에 어느 누구도 그녀의 이 드문 신상 발언을 상상 속에서나마 구체적으로 떠올리지 않았다. 삼 년 남짓한 그들의 교류 기간 동안 그녀가 자신에 관계된 일로 그들 모임에서 주의를 끈 적은 없었다. 늘 동일한 표정. 나탈리 우드의 코를 꼭 닮은 그녀의 코가 돋보이도록 약 사십오 도 각도로 허공을 향해 비스듬히 치켜든 얼굴. 그것이 다였다. 자그마한 방. 이탈리아에 도착한 이래 자주 보게 된, 모퉁이에 부조가 새겨진 높은 천장. 그는 잠시 전화기 앞에서 망설였다. 수화기를 들고 잠시 윙하는 소리를 듣고 있다가 다시 놓았다. 지구의 저쪽 편은 아마도 대낮. 그리고 그만큼이나 거리가 나버린 아내와의 삶. 사 년이라는 시간이 무색할 정도의 가속도로. 처음에는 제법 진지한 대화도 있었다. 실존이니, 가치관이니, 공유니 하는 단어들을 섞

은 고상한 공방전은 아주 빨리 적나라한 언쟁이 되었다. 시시껄 렁한 물건 구입이나 중간부터 치약을 짠다든지, 또는 늘 조금은 연기가 풍기게 담배를 비벼 끄는 그의 일상의 습관 같은 사소한 일을 두고 생겨나는 말다툼이 단번에 두 사람의 온 존재를 부 정하고 뿌리에서부터 뒤흔든다. 모든 단어들이 어디론가 증발해 버린 것처럼, 서로가 굳건히 지키는 침묵이 트집이 된, 그들 사 이의 마지막 불화는…… 완전한 침묵 전야의 고함처럼, 격렬하 고도 길게 계속됐다. 그 일이 아니었더라도 얼마든지 찾아질 수 있는 다른 원인들. 서로를 부정하기 위해 필수불가결한 정기적 인 말다툼. 그러고도 세상에 대한 연극은 계속된다. 부부 동반 으로 친척을 방문하고, 모임에 참가하며, 극이 끝나면 다시 냉전 에 들어가는 나날들. 만약 그런 불화가 없었더라도, 아무것도 아닐 수 있는 가장 진부하고 지루한, 서로의 약점이 가장 비하 되어 드러나는 그런 불화가 없었더라도 그는 이탈리아 출장을 서둘러 맡았을까. 아침에 출근한 그 차림으로, 집에는 알리지도 않고, 몰래 도망치듯이 엉성하게 채워진 여행 가방을 들고 출장 을 떠났을까. 그는 작게 고개를 흔들었다. 만약 그랬더라도 그는 하나코의 소식을 기억해냈을까. 그리고 아주 비밀스럽게, 그가 알고 있던 그녀의 친지를 수소문하고, 여러 날, 여러 사람을 거

처서 그녀의 이탈리아 주소를 알아냈을까. 그는 절대 비밀 문서를 손에 넣기라도 하듯이 단계적으로, 하나코의 현재 주소를 수소문하는 데 바쳤던 시간을 약간은 흔쾌한 기분으로 다시 생각했다. 만약 아내가 그의 이탈리아 출장의 진의를 알게 되었을 때 지을 표정을 떠올리며. 그렇지만 그다지 강한 보상의 느낌은 아니었다. 그런 상상으로 기분이 전환되기에는 그들이 상대편에게 가지고 있는 무감각의 악의가 너무 두터웠다. 상대편과의 말다툼은 하나의 구차한 핑계일 뿐, 어느 누구도 이렇게 어긋난 관계가 수시로 만들어내는 불안과 불화에 능숙하게 대처하지 못한다. 하고 나서 후회가 될 만큼. 대체 여기서 무엇을 하고 있는 거지. 이곳에서의 이틀을 무엇을 하고 보내야 한담. 그는 시큰둥하게 중얼거리면서 안내책자를 여행 가방에서 꺼내들고 침대에 누웠다. 더 공허하게 높아지는 천장. 더 멀어지는 지구의 저쪽. 그는 서서히 잠이 들었다. 이렇게 최소한 몇 시간 정도는 탈없이 지나가겠지. 이튿날 아침의…… 창밖은 온통 소란스러운 안개였다. 여행안내서에 씌어진 바로 그대로. 그리고 거래처의 직원이 설명해준 바로 그대로 창문 밑의 길 양편에는 어느새 아침 야채 시장의 좌판이 촘촘히 들어차 있었다. 그는 창문을 열어놓은 채로 식당으로 내려갔다. 이른 시간이어서인지 식당 안

에는 서너 명만이 낮은 목소리로 속살거리면서 아침식사를 하고 있을 뿐이었다. 미국 젊은이로 보이는 그들은 날씨에 대해 얘기하던 중이었는지, 낮이면 날씨가 맑을 거라고 그들을 안심시키는 주인 여자의 건조한 목소리가 들렸다. 커피 두 잔, 토스트 한 장. 그의 주문은 간단했고 식사를 마치자 이상한 피로감으로 그는 서둘러 다시 방으로 돌아왔다. 아침 여덟 시. 마음속의 서울은 어두운 무늬 가득한 날짜 없는 한밤중. 그는 여행 안내 책자의 펼쳐진 면에 커다란 활자로 인쇄된, 산마르코 광장, 토르첼로, 살루테…… 같은 단어들에 멍하니 시선을 주었다. 혼자 하는 여행은 질색이야, 그는 생각했다. 어쩌면 그가 한 출장 여행 중 이렇게 온전하게 이틀간의 공백이 생겼던 것은 이번이 처음이다. 마치 일부러 그런 것처럼. 그보다 그가 혼자 하는 여행이 이번이 처음이 아니던가. 늘 공무였고, 그렇지 않으면 몰려서 하던 여행이었다. 빠르게 머릿속에 떠오르는 얼굴들, 아내, 친구, 동료 어느 누구의 얼굴도 그가 바라는 가상의 여행 동반자의 모습으로 일 초 이상 뇌리에 머무르지 못했다. 먼 그림자처럼 어두운 강변을 걷는 하나코의 뒷모습이 역광으로 슬쩍 스쳐지나갔다. 여행 시즌이 아닐 때, 베네치아만큼 관광 명소의 개장 시간이 맘대로인 데도 없더라구, 하나라도 더 보려면 아침을 이용

해. 세시 이후면 다 닫으니까. 늘 정보의 정력적인 소비자인 K의 목소리가 바래져 귀에 울렸다. 그는 전화기를 들었다. 그리고 수첩에서, 방심한 듯이 아무렇게나 씌어진 전화번호가 적혀져 있는 면을 펼쳐들었다. 서울의 전화번호가 아닌 하나코의 전화번호. 그냥 사업차 왔다가 그녀 소식을 들었다고 하지. 그때 있었던 그 작은 불편한 사건, 그런 정도의 일은 지금쯤 아마 다 잊었을 거야. 처음으로 그는 하나코가 이 지구 반대편의 나라에서 무엇을 하고 있을까 하는 가벼운 궁금증이 일었다. 그의 기억으로 하나코가 이탈리아에 친척이나 친구가 있다거나 그들이 좀 더 젊었을 때 이 나라 말을 배웠다거나 하는 말은 들어본 적이 없었다. 하기는 자신도 그런 이유로 이 나라에 와 있는 것은 아니지만. 그는 최소한 네 명의 사람을 거치면서 하나코의 주소와 전화번호를 수소문할 수 있었다. 물론 그는 더 빠른 방법을 택할 수도 있었다. 그러나 그의 신원을 구태여 밝히면서 그녀의 소재를 파악하기 싫었고, 그러느라 정작 하나코의 연락처를 알려준 그녀의 동창이라는 불친절한 목소리의 남자에게 그녀의 근황에 대한 솔직한 질문을 던질 수가 없었던 것이다. 전화번호는 베네치아에서 약 한 시간 정도 기차로 가야 하는 작은 도시의 지역 번호를 달고 있었다. 아주 작은 도시라는데, 그녀는 거

기서 뭘 하는 걸까. 왜 그는 그 순간 수도원이나 혹은 그 비슷한 정적의 공간이 뇌리에 떠올랐는지 알 수가 없었다. 골목만 바꾸어도 모습을 드러내는 무수한 성당들 때문일까. 꼭 수녀는 아니라고 해도 그 비슷한 어떤 모습의 그녀. 그렇지만 그 그림의 자리에 구체적으로 떠오르는 하나코의 얼굴이 들어섰을 때 그는 작은 불편함을 맛보았다. 예전에 여러 번 느껴본 느낌이지만 생소하기는 여전히 마찬가지였다. 기분이 슬쩍 구겨지고 짜증이 뒤섞이는 생소함. 그는 수화기를 들고 외부로 연결되는 번호를 누르고…… 이후 단번에 일곱 개의 번호를 재빨리 눌렀다. 신호가 가고…… 신호가 계속되고…… 아마도 빈 공간에 울리고 있을 그 신호음에서 어떤 전언을 해독하려는 사람처럼 그는 그 반복적이고 규칙적인 리듬에 귀를 기울였다. 아무도 전화를 받지 않았다. 너무 이른 시간인가. 시계는 여덟 시 반을 넘고 있었다. 그는 슬며시 수화기를 내려놓았다. 마치 미루고 싶은 숙제를 연기하고 난 사람처럼 가벼운 마음으로. 그는 생각했다. 리알토에서 산마르코 광장까지 아무에게도 길을 묻지 않고 걸어가야겠다. 미로같이 얽힌 골목에서 방향을 잃더라도 아무에게도 길을 묻지 말아야지. 그는 여인숙의 이름과 전화번호가 인쇄된 명함을 하나 들고 밖으로 나왔다. 열린 카페의 커다란 유리벽 저쪽

에서 선 채로 카푸치노를 마시고 있는 사람들, 고급의류 상점이
나 가죽 제품 상점들의 진열장을 닦는 점원, 바쁘게 장바구니
를 들고 상점들이 늘어선 좁은 거리를 지나가고 있는 사람들에
게서 그는 막연히 하나코를 닮은 누군가를 찾고 있었다. 이처럼
강박적으로 하나코에 대한 기억이 떠오르는 것은 이상한 일이
었다. 강박적? 그보다는 고집스럽게라고 말하는 편이 낫겠군, 하
고 그는 중얼거렸다. 그녀가 산다는 곳에서 멀지 않은 곳까지
와 있기 때문일까, 아니면 안개와 미로 같은 짧고 좁은 길과, 길
을 따라가다보면 어김없이 한끝이 드러나는 물 때문일까. 그렇
지. 이상하게도 하나코 하면 물이 연상되었었다. 그래서 모두 마
지막으로 자연스럽게 그 강변으로의 여행을 생각했는지도 몰
라. 그들의 모임과는 별도로, 하나코가 가끔 그들 중 하나와 따
로 만나기도 한다는 것을 모두 막연히 알고 있었다. 우선 그 자
신부터 그러했으니까. 그렇지만 대체로 이에 대해서는 어느 누
구도 일언반구도 없었다. 어떻건 그녀와의 연락이 두절되기 이
전에는 그러했다. 다른 친구들하고는 어땠는지 모르지만 그로
말할 것 같으면 하나코와 만날 때는 늘 예식처럼 일정한 절차를
밟았다. 그가 하나코를 따로 만날 때, 그녀는 무리들과 만날 때
들르는 다방이 아닌 다른 장소를 택했다. "아주 편한 소파가 있

는 기분좋은 카페를 알고 있는데 가볼까요?"라고 하면서. 아, 기
분좋은 장소에 대해서라면 서울에서 편안하고도 그들의 마음
상태에 맞는 장소를 그녀만큼 잘 고를 줄 아는 사람은 아마도
없을 것이다. 그녀가 택하는 장소는 다방이건 술집이건, 어떻게
지금까지 이곳을 발견하지 못했을까 하는 생각이 들 정도로 그
들이 자주 지나치는 거리의 아주 평범한 곳에 위치해 있었다.
그러나 꼭 인상에 남을 만한 한 가지 특징을 가지고 있는 곳. 기
억에 남을 정도로 편안한 등받이가 있는 좌석이라든지, 각별한
장식이나 혹은 독특한 모양의 찻잔…… 그녀는 그런 것을 잊지
않고 지적했고, 그 방면에 다소간 둔감한 그 같은 사람도 얼마
후에는 말을 거들 정도는 되었다. 이렇게 해서 평범한 듯한 장소
는 인상에 남는 추억의 실내로 변신하는 것이다. 그녀는 꼭 서
울의 숨어 있는 명소의 목록을 다 준비해 가지고 다니는 사람
처럼, 그와 만날 때 그 장소가 어느 동네에 있건, 슬그머니, 자기
집에 초대하듯이 그런 기분좋은 장소로 안내하곤 했다. 그렇게
만나 잠시 얘기를 나누다가 그들은 거리를 걷는다. 그리고 간단
한 식사를 한다. 참 이상한 일이었다. 학생 시절에야 그렇다고
해도 취직을 하고 난 후에도 하나코에 관한 한 그들은 스스로
생각해도 잘 이해되지 않는 인색한 습관을 가지고 있었다. 그것

은 그들이 경제적으로 제법 풍족해진 후에도 고쳐지지 않았다. 다른 여자들과 데이트할 때와는 달리, 하나코와 만날 때 주로 그가 택하는 식당은, 돈을 꼭 그가 낸 것도 아니면서, 아주 볼품없고 값싼 식당이었다. 식사 후에 그들은 탁구나 볼링을 한두 게임 한다. 다시 걸어서 그녀가 선택한 처음의 장소로 되돌아온다. 그러고는…… 이상한 힘에 이끌려, 마치 고해성사라도 하듯이 어느 누구에게도 말할 수 없었던 구질하면서도 내밀한 자신의 얘기를 그녀에게 하는 것이다. 사귀고 있는 여자에 관한 얘기만 빼놓고는 모든 얘기를. 몇 살 때 자위를 시작했다든지, 자신이 은밀하게 가지고 있는 괴로운 습관 같은 것, 또는 하나코도 잘 알고 있는 가까운 친구들에 대한 숨겨진 불만 같은 것까지도. 그녀는 그 얘기들을 고개를 약간 갸웃이 쳐들고 듣는다. 얘기가 무르익을 때까지 그녀는 결코 그의 얘기를 중간에서 끊는 법이 없었다. 아무리 충격적인 얘기를 해도 그녀 입가에 깃든 미소가 변질되는 일이 없어 어쩌면 일부러 과장해서 그의 숨겨진 악을 스스로 고발한 적도 있었다. 그녀처럼 집중해서 그의 시시껄렁한 얘기를 들어준 여자를 그는 알지 못했다. 그러면서도 언뜻 그의 친구들 중 누구와 동일한 장면을 연출할 그녀의 모습이 떠오르기도 했다. 그것은 조금만큼의 질투도 자극하지

않았다. "하기 어려운 얘기였을 텐데 내게 해주어서 고마워요."
매번 그런 것은 아니었지만 그녀는 드물게 이런 식으로 피곤함
을 전달하기도 했다. 그녀가 집에 돌아가고 싶다는 의사를 표시
하는 말이었다. 늦은 시간에 밖으로 나와서는 그녀의 집 방향으
로 가는 버스가 오는 것을 같이 기다려주지도 않고 그녀를 혼
자 어두운 정류장에 놔둔 채, 그는 지하철 입구를 향해 걸어간
다. 그녀 또한 그런 것에 대해 한 번도 반응하지 않았고. 어쩌다
뒤돌아볼 때의 그녀의 표정은 이미 다른 곳에 있었다. 왜 하나
코에 관한 한 그들은 모두 최소한의 인내심과 배려도 부족했던
것일까. 갑자기 말라오는 목. 그는 유리창이 유난히 맑은 한 카
페에 들어가서 남들처럼, 부드러운 생크림이 기분좋게 입천장에
달라붙는 카푸치노를 한 잔 마셨다. 남들처럼 서서. 그들처럼
생생한 표정을 짓고. 산마르코 광장으로 가는 길이 어느 쪽이
죠, 라고 묻고 싶은 것을 애써 눌렀다. 다시 밖으로 나와서 그는
화살표의 방향보다는 사람들이 많이 다니는 길들을 골라 수도
없는 골목과 수도 없는 작은 광장을 돌았다. 마치 이 도시의 매
력에 매혹되지 않으려고 마음을 다잡아먹은 사람처럼 상의의
깃을 세우고 목 언저리를 여민 채, 놀랍도록 빠른 속도로 안개
가 밀려가는 수로를 따라 작은 다리들을 건넜다. 그들 중에서

맨 처음으로 객기를 부린 것은 아마 J가 아니었던가. 그들 무리 중에서 제일 먼저 결혼을 했던 친구. 어느 날 자정이 넘어 J에게서 전화가 걸려왔다. 그는 침대 옆에 놓인 수화기를 살짝 놓고 다른 방으로 가서 전화를 받았다. 그리고 혹시 아내가 들을 것을 저어하여 침대 곁의 수화기를 다시 제자리에 얹어두는 것도 잊지 않았다. 술 취한 J가 하나코 얘기를 꺼냈기 때문이었다. 하나코와 그들 사이의 연락이 두절된 지 일 년여가 넘은 다음의 일이었다. 늦은 전화에 궁금한 표정으로 올려다보는 아내에게 그는 대수롭지 않다는 듯 말했다. "J야. 밤늦게 술주정을 하려는 모양이군." 그는 형편없이 취해 있었고 그런 상태에서 이어지는 횡설수설 헛소리는 그의 잠기를 싹 쫓을 정도로 그의 호기심을 자극했다. 넌 잘 모르지만 한때 상당히 망설였다구. 내가 멍청했지. 좀더 적극적으로 밀어붙여보면 어떻게 되었을 텐데 말이지. 괜찮아, 괜찮아. 이 사람은 친정 가 있다구. 잠깐만 기다려라, 그 편지가 어디 있더라. 하나코가 답장으로 보낸 것…… 잠깐만. 좀 깊이 숨겨두었거든. 자, 들어봐. 중요한 부분만 읽을게. J는 술 취한 목소리로 어조를 과장해서 낭독을 시작했다. J씨는 늘 중요한 말을 장난같이 하는 습관이 있었지요오. 그렇다고 J씨의 진의를 내가 가볍게 일축한다는 뜻은 아닙니다아. 나는 당신이 꼭

그런 편지를 한 번쯤 쓰지 않으면 안 될 정도로 어려운 때를 보내고 있다는 것을 잘 이해해요오. 그렇지만 J씨, 한번 생각해보세요. 내가 정말 그런 편지의 적합한 수신자인지를 말이지요. 한 일주일이나 열흘 정도 어디로 한번 떠나보세요. 그리고 대답이 찾아지면…… 그때 우리가 할 얘기는 따로 있을 거예요오…… 끝을 길게 늘이면서 편지의 내용을 엉망으로 만드는 J의 목소리를 들으면서 내심 그는 자신이 하나코의 입장이 되어, J가 앞에 있었다면 당장 한 방 먹여주었을 정도로 신경이 거슬렸다. 그러나 숨겨진 호기심이 더 컸기 때문에 그에 대해 솟은 신경질은 오래가지 않았다. 너 하나코의 글씨체 생각나지. 내가 어떤 편지를 보냈는지 알면 너는 아마 까무러칠 거다. 나는 그러니까 그때 열렬한 구혼을 했던 거야. 그냥 꼭 그렇게 해보고 싶더라구. 그런 사실 너희들 전혀 몰랐지. 요즘 그냥 생각이 나서 말이야. 물론 일주일 후에 나는 결혼 날짜를 잡았다만 말이다. 이런 편지를 어떻게 버리냐. 아 생각난다, 하나코! J는 정말 혀 꼬부라진 낭만적 회고를 하고 있었고 그는 적당히 그의 고백을 들어주었다. 그 자신도 예외는 아니었다. J의 경우와 다소간 달랐지만 그들은 모두 한두 장 정도의 편지는 간직하고 있었던 것이다. 그것이 무슨 전리품이라도 되는 것처럼. 그녀가 그들 모임에서

자취를 감춘 직후에, 그들 사이에는 주로 그들 만남의 초기인 학생 시절에 가끔 주고받던 낡아버린 하나코의 편지를 서로에게 읽어주는 짧은 유행의 기간이 있었다. 그즈음에 마련된 한 술자리에서 그들은 그녀에게 하나코라는 별명을 붙여주었던 것 같다. 그들의 편지에 꼭 대답을 하던 하나코. 어쩌면 그녀는 세상의 모든 편지에 대답을 하기 위해서 태어났을지도 모른다는 생각이 들 정도로, 그것도 이유를 알 수 없게 가슴을 찡하게 하는 편지를 보내곤 했다. 그녀의 편지처럼 어딘가 깊은 것 같고, 어딘가 철학적이며 고상한 것 같은 편지를 주고받을 여자가 있다는 것이 그들을 조금은 우쭐대게 만들었다. 하나코는 세상에 태어나 처음으로 그에게 편지를 쓰고 싶은 욕구를 불러일으킨 여자였다. 아내와 연애하면서도 편지를 쓰고 싶다는 생각이 든 적은 한 번도 없었다. 한번은 어디서 읽은 시구를 베껴서 멋을 부려본 적이 있었는데 그녀는 그 편지의 대답에 "시 제목을 알 아맞히는 수수께끼 놀이를 하자는 거지요?"라는 농담 어린 답장을 보냈다. 하나코와는 자존심이 상할 일이 없었다. 하나코와는 일이 덧나도 별 두려움이 없었다. 그 일이 있고도 그는 이렇게 출장을 핑계로 그녀를 찾아보려고 하지 않는가. 왜일까? "우리는 친구잖아요." 언젠가 그의 실언 앞에서 그것을 무마하느라

하나코가 한 말이었다. 어떤 실수였는지는 물론 기억에 없었다. 그렇지만 그 말이 야기한 불편한 파장은 생생하게 기억에 남았다. 그 자신을 포함해 무리들 중 누구도 하나코에게 자신들의 결혼 날짜를 알리지 않았다. 딴 친구들은 어떤 이유에서 그랬는지 알 수 없지만 그로서는 그저 단순한 부주의였다. 물론 그는 청첩장을 준비하던 때만 해도 그녀에게 보낼까 하고 생각했다. 그렇지만 분주한 일정에 밀려 그만 잊어버리고 말았다. 무의식적으로 계획된 건망증. 늦게 결혼을 한 친구들이야 이미 하나코와의 연락이 끊어져서 그랬다고 하지만 적어도 P와 J는, 그들이 하나코와 만나고 있을 즈음에 결혼했음에도 하나코에게 그 사실을 알리지 않은 게 분명했다. J의 결혼식 후에 그가 하나코를 만나 J 대신 사과를 했을 때, 그녀는 한마디했을 뿐이었다. "설마 결혼식 같은 것을 그토록 중요하게 생각하는 건 아니겠죠?" 멀리 사진으로 본 산마르코 광장의 첨탑이 보였다. 일찍이 바닷가로 몰려나온 인파가 광장에 가까이 온 것을 알려주었다. 바다를 향해 버티고 있는 두 마리의 금박 사자가 인파가 없는 텅 빈 광장에 서 있었더라면 어쩌면 그는 감격했을지도 모른다. 평소에 그는 인파를 좋아하는 편이었다. 그렇지만 거기에는 너무도 많은 사람과 상인과 유난히 살찐 비둘기떼가 빈틈없이 몰려 있

었다. 성당을 방문하기 위해 매표구에서 막 입장권을 받아들었을 때, 그는 카메라도 망원경도 모두, 여인숙에 두고 온 것을 알아차렸다. 일부러 구입한 성당 내부의 모자이크에 대한 안내서까지. 그것이 그의 기분을 그만 순식간에 구겨버리고 말았다. 그렇다고 여인숙까지 되돌아가고 싶은 마음은 추호도 없었다. 사람의 대열에 밀려 안에 들어갔으나 모든 관광객이 입을 벌리고 감탄사를 내뿜으며 바라보는 둥근 천장과 벽, 그리고 기둥까지 빈틈을 남기지 않고 덮은 금박 모자이크 장식은 화려한 색채와 뒤덮인 넓이에 대한 놀라움 외에는, 여행 준비를 서투르게 한 사람만이 맛볼 수 있는 심오한 지루함을 그에게 줄 뿐이었다. 전 세계인이 경탄해 마지않는 교회에 발을 들여놓고도 머릿속에서 하품하는 잡념은 다른 시간과 장소를 헤매고 있었다. 그는 의자 한 귀퉁이에 앉아 그가 알고 있는 성경의 지식을 모두 동원하여 모자이크로 그려낸 겨우 몇 장면만을 식별해냈다. 그는 오랫동안 그렇게 넋을 반쯤 놓고 게으르고도 지루하게 시간이 가기를 기다렸다. 주변을 스치는 수많은 언어들 사이에서 한국말이 들려오자 그 목소리에만 귀를 기울이면서 그는 고집스럽게 성당에 남아 있었다. 나이 많은 노인을 대동한 한 젊은 여자의 낭랑한 목소리가 그가 앉아 있는 바로 앞부분의 천장에 장

식된 모자이크의 내용을 설명하고 있었다. 「줄애굽기」의 한 장면. 다정한 부녀지간. 여기서 대체 무엇을 하고 있지? 그는 집에 두고 온 딸을 생각했다. 이제 겨우 두 살. 그는 자신을 엄습하는 답답함을 누르며 자리에서 일어섰다. 그가 앉았던 자리를 딸이 아버지에게 권했다. 출구는 입구 이상으로 붐볐다. 그는 부두 쪽으로 가서 심호흡을 했다. 부둣가에 띄엄띄엄 늘어선 공중전화 부스가 자꾸 그의 시선을 끌었다. 서울은 아마도 침침한 초겨울의 저녁나절. 바다의 안개는 완전히 걷혀 있었다. 그때 그가 서 있던 데서 그리 멀지 않은 곳에서 커다란 외침 소리가 들려왔고 갑자기 그 소리 주위로 군중이 몰려들기 시작했다. 그는 자신도 모르게, 순식간에 만들어진 둥근 원의 가장 안쪽에 서 있었다. 그곳에서는 이탈리아 말로 욕설을 퍼부으면서 세 명의 남자가 엉켜 전문 복싱 선수 이상의 솜씨를 보이면서 서로를 두들겨 패고 있었다. 가만히 보니 이 대 일의 싸움이었는데, 그 주위로 몰려든 어느 누구도 말릴 생각 없이 그 자신처럼 눈을 동그랗게 뜬 채 구경만 하고 있었다. 그렇지만 혼자 대항하는 사내의 기세 또한 만만치 않았다. 원이 점점 커짐에 따라, 부두를 따라 지어진 고급 호텔의 테라스에서도 사람들의 얼굴이 싸움 구경을 위해 하나둘 나타나기 시작했다. 세 명 모두 가죽점퍼를 입은

건장한 젊은이였다. 그들은 가끔 내지르는 외마디소리와 거친 숨소리 외에는 입을 앙다문 채 엎치락뒤치락을 계속했다. 아무래도 수적으로 강세인 두 남자는 막 바닥에 깔리기 시작한, 궁지에 몰린 적수가 힘이 빠진다고 생각하자마자, 집중적으로 발길질을 하기 시작했다. 그들이 어떤 의미로 침묵의 싸움을 벌였다면, 그와 반비례로 군중 속의 소란은 점점 커졌다. 이 나라 말을 모르는 그로서는 그들이 마치 씨름 경기라도 응원하는 것처럼 보였다. 그의 주먹도 부르르 쥐어질 정도의 격렬함이 배가되고 있었다. 역시 아무도 그들을 말릴 엄두를 내지 못했다. 그는 두 공격자의 주먹과 발길질에 그의 흥분이 고조되고 있음을 알아차렸다. 자, 한 방만 더, 쳐라. 결정적인 한 방, 그러고 나면 끝이다…… 바로 그때 어디서 나타났는지 군중을 헤치고 경찰들이 우르르 몰려들어 순식간에 세 명을 모두 일으켜세워 어디론가 끌고 사라졌다. 모여 섰던 사람들이 하나둘 흩어지고 다시 공중전화 부스가 드러났다. 그를 부르기라도 하는 것처럼. 그는 빠른 동작으로 전화번호를 꺼냈다. 지구 반대편이 아니라 바로 옆의 작은 도시에. 누군가 '여보세요'에 해당하는 이탈리아 말을 서너 번 반복하고, 그뒤로는 그가 알아들을 수 없는 빠르고 긴, 고음으로 즐거운 기분을 전달하는 여자의 목소리가 들려왔다.

그는 서둘러서 영어로 하나코를 찾았다. 물론 그녀의 본명을 대고. 잠시 대기음이 들리고 다시금 즐겁고 부산스럽게 이탈리아 말을 하는 여러 음성들이 뒤섞이고…… 그리고 그에게 익숙한 밝은 목소리가 들려왔다. 하나코의 목소리. 이탈리아 말이 아닌 그리운 '여보세요.' 바로 그 순간에 부두에 도착한 바포레토가 한 무리의 승객들을 내려놓았다. 서로의 허리에 팔을 두르고 작은 갑판에 내려서는 젊은 남녀가 웃으면서 그가 서 있는 옆을 지나갔다. 그때까지 그를 사로잡고 있었던 조심성이 사라지는 것을 느꼈다. 그것은 꼭 갑자기 오른 취기와 같았다. 그는 자신의 이름을 대고 어색하게, 과장을 섞어 한바탕 웃었다. 그녀의 반응을 기다리지도 않고 그는 장황하게 설명을 붙이기 시작했다. 출장 여행 중이다. 계약서가 준비되는 동안 베네치아에 와 있다. 다시 로마로 돌아가야 한다. 그러기 전에 당신을 만나고 싶다. 당신의 거처와 연락처를 알아내는 데 얼마나 힘이 들었는지 아느냐. 그는 이유도 없이 자주 크게 웃음을 섞으면서 상대편이 얘기할 틈을 주지 않고, 마치 무엇에선가 도망하듯이 빠른 말투로 떠들었다. 그리고 갑작스러운 정전으로 마비된 라디오처럼 침묵했다. 그가 침묵했을 때에야, 그녀도 밝게 큰 목소리로 웃으며 말했다. "반가워요. 오세요." 이어 그가 잘 기억하고 있

는 낮고 침착한 그녀의 목소리가 천천히 이어졌다. 기차에서 내려야 하는 정거장의 이름, 사무실이 위치한 거리의 이름, 그리고 그녀가 디자이너로 고용되어 있다는 실내 장식 사무실의 이름과 외양…… 같은 것을 그녀는 친절하게, 띄엄띄엄 말해주었다. 당신이 전화하고 있는 베네치아에 비하면 그다지 구경할 만한 도시는 아니라고 미안한 듯이 덧붙이면서. 그녀의 모든 것이 다 예전과 같아도 무언가가 달라져 있었다. 목소리도 아니고 어조가 덜 친절했던 것도 아니었는데…… 그녀는 정말 반가운 기색으로 그에게 말을 하지 않았던가. 그는 갑자기 힘이 조금 빠지는 것을 느꼈다. 그녀를 보러 기차를 타고, 그녀가 말해준 이름의 거리를 찾아 헤매고, 그녀가 일하는 사무실을 찾아 안으로 들어가고, 그녀의 책상 옆에 앉아 일이 끝나기를 기다려, 그녀의 생활공간으로 초대되고, 이 나라에서 하듯이 집에서 준비한 식사를 하고 환담을 할 엄두가 나지를 않는 것이다. 그리고 더욱이 그녀가 결혼이라도 했다면, 난생처음 본 그녀의 남편이라는 사람과 또 예의를 차려서 얘기를 해주어야 하고…… 그는 물었다. 능청스럽게. 지금 애가 몇입니까? 그녀는 웃고 그 물음에는 대답하지 않았다. 그녀의 목소리에서 무엇을 느꼈을까. 그녀에게 방해가 되지 않겠느냐고 물었을 때, 그녀는 대답 대신, 잠시

침묵한 후, 나를 그렇게 몰라요? 하고 반문했다. 전화 카드의 잔액이 소진되었음을 알리는 음이 들려오자 그녀는 덧붙였다. "J씨처럼 전화만 하고 안 오는 것은 아니죠? 혹은 P씨처럼 차 한잔도 제대로 마시지 않고 떠난다든가? 오세요. 정말 반가운데요." 마치 시간이라도 잰 듯이 그녀의 말이 끝나자 전화가 끊겼다. 그의 머릿속에서도 무언가 찰칵 하는 소리가 들렸다. P가? J가? 그는 여행을 떠나기 전에 있었던 술자리를 떠올렸다. 그들에게까지 비밀에 부치고 훌쩍 떠나고 싶었던 그 출장 계획은 분위기가 무르익자 자신도 모르게 입 밖으로 튀어나왔다. 그때 아주 오래간만에 모임에 합세한 누군가가 느닷없이 하나코 얘기를 꺼냈었다. 왜 꼭 왜색이 도는 그런 별명을 그녀에게 붙였지? 코하나가 더 낫지 않아. 대체 누가 붙여줬어, 그 별명? 알면 참 기분 나빠할 거야. 또 누군가가 말했다. 알 리가 없잖아. J도 P도 그 자리에 있었고 뭐라고 한마디씩 거들었던 것이 생각났다. 몇달 전에 그에게 하나코의 소식을 전했던 K의 전화도 생생하게 기억이 났다. 어느 누구도 이탈리아에 사는 하나코의 소식을 제삼자를 통해 전해들었다고만 했지 직접 만났다거나 통화를 했다거나 하는 말을 하지 않았던 것이다. 당장 가겠다고 호탕하게 대답한 것과는 달리, 그는 부두를 떠나 좁은 수로를 따라 나 있

는 골목길을 걸었다. 겨울이어서 더욱 습기가 차 보이는 두터운 이끼에 덮인 채 물속으로 무너지는 듯한 벽들, 벽의 끝에 나타나는 작은 다리, 그리고 소꿉장난 같은 삶이 진행되고 있을 것만 같은 정면이 좁은 외관의 집들. 가끔 그곳에서는 음악 소리나 회한 없는 일상의 호들갑스러운 소음이 들려왔다. 마치 물속에 기우는 이 도시를 더욱 기울게 하기 위한 것처럼, 칠이 벗겨지는 이끼 긴 표면의 슬픔을 더욱 드러내려는 듯이. 수로와 골목과 다리들의 무한한 변주. 그는 그 변주에 흔들리는 걸음을 내맡겼다. 한번 우연히 시선에 잡힌 거리의 팻말은 그가 리알토 다리에서 점점 멀어지고 있는 것만을 알려주는 막연한 지표가 되었을 뿐이었다. 낯선 도시에서 지도 없이, 목적지도 없이 걷는 낙망한 자의 자유. 말할 수도, 이해할 수도 없는 이국의 말을 쓰는 나라에서 침묵으로 미로를 헤매는 자의 안식에 그는 음울한 미소를 지으면서 빠져들었다. 몇 번인가, 하나코, 아니 스코베니 회사 소속 인테리어 디자이너, 장진자의 목소리가 가볍게, 이 도시의 배음처럼 울렸다. 그렇게 날 몰라요? 그렇게도? 그것은 함정이 많은 수수께끼처럼 점점 더 깊이 그를 미로투성이의 한 도시 속으로 이끌었다.   창밖으로 북쪽 도시행 기차 한 대가 막 떠나고 있었다. 이미 저문 역 구내의 조명 속에서 그는 다시 한

번 산타루치아라고 씌어진 흰 간판을 보았다. 이제 곧 그가 탄 로마행 밤기차가 떠날 것이다. 아직 잠들기에는 이른 시각이라 좌석은 맨 위쪽만 올려져 침대로 바뀌어 있었다. 그 말고 두 명의 승객이 복도 쪽의 창문으로 배웅 나온 사람들과 이야기를 나누고 있었다. 그는 일찌감치 자신에게 예약된 위쪽 침대에 올라가 누웠다. 기차가 서서히 움직이며 베네치아와 내륙을 잇는 긴 다리 모양의 철교 위를 달리기 시작했다. 올 때와 거의 비슷한 시각. 누워 있으므로 더 멀리 보이는 바다 위로 드문드문 오렌지색의 램프가 긴 곡선을 만들면서 행진하는 수도사들처럼 늘어서 있었다. 검은 테를 두른, 끝이 뾰족한 나무 둥치들이 합장하듯 모여 있는 수로 표시의 말뚝에 밤 뱃길을 알리기 위해 램프들이 걸려 있었다. 기차의 속력은 점점 더 빨라졌고 이내 바다는 시야에서 사라져버렸다. 공연히 무언가 아주 먼 곳에서 다시 한번 무너지는 느낌을 남기고서. 잠시 머무르다 떠나는 도시. 이제 기차는 불빛이 점점 드물어지는 인적 없는 어두운 풍경 속을 달리고 있었다. 아래 좌석의 승객들도 등받이를 올려 침대를 만드느라 부산하다가 언제부터인가 갑작스런 침묵이 왔다. 복도의 소음도 점점 더 줄어들고 기차는 짙은 밤을 향해 전속력으로 달렸다. 여전히 세 개의 침대는 비어 있었다. 한밤중이

나 새벽에 모두가 잠들어 있을 때 누군가가 어떤 이름 모를 역에서 예약된 자신의 침대를 찾아 올라오겠지. 볼로냐, 피렌체…… 그 일은 대체 어떻게 일어났던 것일까. 그런데 그런 것도 사건이랄 수 있을까. 그들이, 갈대밭 근처의 늪지대같이 질퍽거리던 곳의 그 술집을 어떻게 발견했는지는 아무리 생각해보아도 알 수가 없었다. 그들 중 두 명이 비슷한 때에 중고 자동차를 구입했던 것이 일의 발단이었던 것만은 틀림이 없다. 사흘간의 연휴에 그를 포함한 다섯 명의 친구와 하나코, 그리고 그녀의 여자친구, 이렇게 일곱이 두 대의 중고차에 나눠 타고 운전 연습 겸 서울을 떠나 낙동강가까지 갔다. 원래 그들의 목표는 마음에 드는 해변을 찾는 것이었다. 그러나 바다를 찾다가 그들은 강에 다다랐다. 회, 매운탕…… 이런 비슷한 간판이 언뜻 눈에 띄었었고 그 간판에서부터 좁은 흙길로 접어들어 한참을 달린 곳에 식당 하나가 나타났다. 너무 외따로 떨어져 있었던 식당이었음에도 그들은 그곳을 그날의 종착지로 삼기로 했다. 그 식당에 들어가기 위해서는 구두가 푹 빠지는 진흙 마당을 지나쳐야 했고 그 마당가에는 역겨운 냄새가 나는 풀꽃이 잡초처럼 무성하게 한구석을 채우고 있었던 것 같다. 늦가을이었던가. 아니면 초겨울. 지금처럼. 음식이 준비되는 동안, 세상의 끝이라는 느낌

이 들 정도로, 시선이 닿는 한 사방에 아무 불빛도 보이지 않는 강가를 거닐다가 식당으로 돌아왔다. 음식과 술이 조금씩 들어가고 밤이 깊어짐에 따라 그때까지의 흥분되었던 여행의 분위기는 조금씩 우울하고 불안정한 것으로 변하기 시작했다. 세상에서 차단되어 당장이라도 늪에 가라앉아버릴 것 같은 개인 집에 방불하는 그 횟집의 건넌방에 들어앉자마자 그 이상한 분위기가 누구에게랄 것도 없이 그들 모두에게 퍼지기 시작했다. 운전대를 잡았던 W는 너무 멀리 온 것에 대해 후회하는 눈치가 역력했다. 그중 하나는 서울에 전화를 걸어야 한다고 반복했고, 누군가는 다음날로 예정된 중요한 거래처 사람과의 약속을 잊어버렸다고 불평했다. 연락처도 아무것도 가지고 오지 않았다는 것이다. 당시 그들 모두가 은근히 부러워하던, 부유한 집 딸과 결혼을 앞두고 있었던 P는 갑작스러운 여행을 강력하게 주장했었음에도 누군가가 조심스럽게 꺼낸 숙박 문제에 대해 가장 신경질적인 반응을 보였다. 그로 말할 것 같으면, 조금은 굳은 표정으로 그들의 변화를 지켜보고 있는 하나코와 그 여자친구에 대해 공연히 적개심이 솟았었다. 모두들 사회생활을 이삼년 한 뒤에 생긴, 애써 감추어두었던 허탈감이 연휴의 여행중에 무장해제되었던 탓일까. 아니면 삶의 피곤과 술과 여행이 기묘

한 화학작용을 일으킨 돌이킬 수 없는 불안감. 누군가가 나갔다 오더니, 숙박 문제를 해결했으니 술이나 마시자고 했다. 은행에 들어간 이후로 그들의 모임에 조금 뜸해졌던 친구였다. 그는, 거금으로 주인을 매수해 방 두 개를 빌렸다고 연극조로 말했다. 그뒤로는 순식간에 누구도 예상 못한 방향으로 미끄러져버린 일이었다…… 일곱 시간 이상을 달려온 후라 이야깃거리가 고갈된 그들은 노래를 불렀다. 아니 악을 써댔다. 돌아가면서 돼지 멱따는 소리로. 그리고 이렇게 변질되기 시작하는 분위기 속에 당혹감을 숨기고 앉아, 조용히 술잔을 비우는 두 명의 여자에게 그들 모두가 집중적으로 노래를 강요하기 시작했다. 그것은 더이상 놀이가 아니었다. 하나코가 그런 자리에서 노래라면 질색한다는 정도는 그들 모두가 알고 있었고 실제로 그녀는 노래 같은 것은 빵점이었다. 그것을 알고 있기 때문에 그들은 농담 반, 협박 반 노래를 요구했다. 하나코의 여자친구가 일어났다. 모두가 입을 모아 하나코의 이름을 외쳐댔다. 하나코의 여자친구는 그때까지만 해도 쑥스러운 미소를 지으면서 다시 자리에 앉았다. 그래도 하나코는 웬일인지 일어나지 않았다. 그녀의 얼굴 또한 조금은 변했던 것 같다. 누군가가 벌떡 일어섰다. 부르나 안 부르나 내기하자면서 하나코에게 다가갔다. 그의 악물어진

이가 드러났다. 동시에 하나코 건너편의 누군가가 그녀를 일으키느라 팔을 위로 잡아당겼고 그녀의 친구는 하나코를 거머쥔 그 손을 떼어놓으려고 엉거주춤 일어섰다. 그가 일어섰다. 뒤에서부터 하나코를 일으켜세우기 위해서. 누군가가 술병을 벽에 던졌다. 또 누군가가 고함을 내질렀다. 아무런 뜻도 없는 고함. 그리고 누군가가 잡아당기는 바람에, 하나코도, 그녀를 일으켜세우려고 몰려든 두 친구도 주저앉았다. 얼마 동안이나 이런 종류의 실랑이가 계속되었을까. 아무도 말리는 사람이 없었다. 말리다니, 단언컨대 모두들 즐거이 엉켜들고 있었다. 하나코의 노래 따위는 문제도 아니었다. 그녀의 친구가 지르는 고함 따위는 아무런 것도 막지 못했다. 게다가 고함이라야 겨우 방밖을 나갈까 말까 한 크지 않은 우스꽝스러운 목소리였다. 그 엉켜든 실랑이 속에 나름대로의 일사불란한 질서가 지배하고 있기라도 한 것처럼, 각자가 맡은 바 역할을 잘하고 있는 것처럼 보이는 이상야릇한 수라장이었다. 거친 몸싸움과 깨어져나가는 유릿조각과 서로에게 짖어대는 그들의 고함. 그들은 그들끼리 걸고넘어지고 있었다. 적어도 그때까지 그들 중 어느 누구도 진짜 취해 있지 않았다. 취기를 가장하고 있었다. 모두가. 어쩌면 하나코도. 얼마 전부터 일으켜세워진 하나코와 그녀의 친구의 얼굴은 창

039

백했고, 뒤로 올려진 하나코의 머리는 볼품없이 흐트러져 있었다. 그녀의 상의가 반쯤은 옆으로 돌아가 있었다. 누군가가 그녀의 그런 몰골을 손가락으로 가리키면서 웃음을 터뜨렸다. 그것은 순식간에 모두를 감염시켜서 조금씩 퍼지더니 얼마 지나지 않아 전반적인 광란의 웃음이 되었다. 일종의 벌을 받고 있던 두 명의 여자들에게까지 퍼져, 그녀들 또한 웃음을 참을 수 없을 정도로. 그렇지만 그것은 웃음인지 울음인지 구별이 되지 않는 아주 찡그려진 표정의 웃음이었다. 하나코와 그 친구는 미친 듯이 웃으면서 가방을 집어들었다. 그리고 벗어놓은 외투를 집어들었다. 그리고 여전히 웃으면서, 한밤중의 역겨운 찬바람을 방안으로 밀어넣으면서 방문을 열었고, 이미 그사이 몇 배로 두터워진 어둠 속으로 걸어나갔다. 그녀들이 그때까지도 웃고 있었는지는 기억에 없다. 마당 저쪽으로 긴 방죽 같은 것이 어슴푸레 보일 뿐이었고 빛이라고는 마당을 밝히고 있던 낮은 촉수의 불빛뿐. 그녀들의 멀어져가는 뒷모습이 점점 더 어둠 속에 검게 풀리고 더이상 아무런 것도 구별되어 보이지 않았다. 가끔 바람에 뒤집히면서 언뜻 여린 빛을 반사하는 풀잎의 모서리 외에는. 모두들 시선을 그녀들이 사라진 어둠의 덩어리 쪽으로 두고 있으면서도, 어느 누구도 그녀들의 위험한 걸음을 되돌리

려 뒤따라 뛰어나가지 않았다. 누구나가, 그녀가 인가를 찾을 때까지, 혹은 대로에 나설 때까지 오래 어둠 속을 걸어야 하는 것을 잘 알고 있었다. 그러나 광란의 웃음을 계속하도록 태엽이 감겨진 장난감 악기처럼 그들은 웃음을 멈출 수가 없었다. 누군가가 문을 닫아버렸다. 모두가 침묵했고, 무슨 일이 일어났는지 알아차릴 정도로 정신이 깨었기 때문에 다시, 새벽까지 마셨던 것이다. 이튿날 둘, 셋으로 나누어 차를 타고 서울로 올라오는 길은 무겁고 조용했다. 하나코는 이렇게 해서 그들의 모임에서 사라졌다. 그 후, 그들 사이에서 그녀, 장진자가 언급될 때 그녀는 하나코로 명명되었다. 그녀에 대해 얘기하고 싶은 마음과, 그녀에 대해 얘기하는 것을 자제하고 싶은 두 가지의 상반된 욕구가 교묘하게 절충되면서 그런 별명이 붙여졌던 것이다. 가끔 그 별명으로 그녀가 술자리의 객담에 등장하는 일은 있어도, 그날, 모두가 낙동강가로 표류했던 그날, 어둠 속으로 사라져버린 그림자의 실상에 대해서는 굳건히 침묵했을 뿐이었다. 그날의 밤은, 생소해서 더욱 어두워 보이는 이 여행지의 밤만큼 속수무책이었던 것 같다. 그는 어둠을 등지고 무릎을 오므려 벽 쪽으로 돌아누웠다. 누군가가 태평스러운 낮은 휘파람을 불면서 복도 쪽으로 빨리 지나갔다. 아래쪽 좌석에서는 요란하게 코 고는 소

리가 들려오고, 침대는 여전히 세 개가 비어 있었다. 로마에 내리자마자 서울에 전화를 걸리라. 그의 마음은 예전에 비해 한 치도 바뀐 것이 없다고. 당신의 자리가 너무도 비어 있었노라고. 꼭 한번 아이를 데리고 베네치아에 같이 오자고. 그런 기약 없는, 확신 없는 전언을 전하기 위해 전화를 걸리라. 모든 것이 아주 쉽게 이루어지리라. 지금까지 그래왔던 것처럼. 그렇지만 아내가 이렇게 말한다면. 이번에는 그렇게 할 수 없어요. 얘기를 합시다. 단 한 번만이라도 서로에 대해 솔직하게. 그는 양미간에 깊은 주름을 지으면서 잠이 들었다. 서울에서 그는 저녁 술자리를 마련했다. 그것은 여느 술자리처럼 사업 얘기와 세상 돌아가는 얘기와 이권이 있는 장소에 대한 점검……들로 이루어졌다. 그 또한 J처럼 혹은 P처럼 혹은 다른 누구처럼 이탈리아의 여행과 베네치아의 곤돌라—어쩌면 그토록 유명한 그 도시의 명물이 한 번도 그의 의식에 와닿지 않았을까—의 이국적인 아름다움에 대해 침이 마르게 칭찬했다. 그리고 모두들 취했고, 늘 그렇듯이 결론조로 세상이 그런대로 그럭저럭 굴러가고 있으며, 아이들은 잘 크고 아내들과는 근본적인 마찰만 피하면 잘 지내며, 다음날은 오늘보다 조금 덜 피곤할 것이며, 아마도 조금 더 풍족할 것이라는 정도로 요약되는 이야기들을 주절주절 늘어놓

으며, 그들은 이튿날의 출근을 위해 흩어졌다. "그렇게 날 몰라요?"라고 전화로 말하던 하나코의 음성은 가끔 유령의 목소리처럼 그의 귓가에 울리기도 했다. 그렇지만 그런 종류의 질문에 대답하기에 그의 삶은 너무 원대한 이유로 분주했다. 이탈리아 모자 원단 회사와의 거래는 끊임없이 번창했지만 그는 이후 한 번도 출장을 자청하지 않았다. 그의 욕구에 비해서는 늘 불충분했지만, 먹어가는 나이에 걸맞은 위치로 승진해 있었기 때문에 그런 종류의 출장 여행을 직접 할 필요가 없기도 했다. 그는 더 중요한 것을 결정하는 사람이 되었고 그런 일로 바빴다. 아내와 초등학교 입학을 눈앞에 둔 딸아이를 데리고 베네치아로 가족 여행을 도저히 할 수 없을 정도로. 거래가 활발해지기 시작한 이래, 이탈리아 상공회의소에서는 매년 외국 바이어들을 위한 홍보 잡지 형식의 영어판 상업 정보지를 꾸준히 그의 회사로 보내왔다. 그의 출장 여행에서 수년이 지난 어느 달에도. 그 달의 잡지에는 두 명의 동양 여자를 담은 커다란 사진과 함께 인터뷰 기사가 실렸다. '동양의 매력을 의자에 담는 한 쌍의 한국인 디자이너, 귀국 전야의 인터뷰.' 이런 제목이 붙은 기사를 대동한 사진 속의 한 명은 하나코의 얼굴이었고 그 옆에서 활짝 웃고 있는 얼굴은 지금은 이름조차 기억나지 않는, 하나뿐인

것 같던 그녀의 여자친구였다. 거기에는 그들이 우연히 참여한 이탈리아 주최 국제인테리어디자이너 대회에서 시작해, 촉망받는 독창성을 지닌 한 쌍의 디자이너로 독립하기까지의 과정이 대담 형식으로 씌어져 있었다. 바로 그들과 가까이 지내던 시절의 하나코, 하나부터 끝까지 생소할 뿐인, 그녀의 학창 시절의 약력도 소개되어 있었다. 언제, 어떻게 하나코는 그들도 모르는 사이 이렇게 살았던 걸까. 인터뷰 기사는 이 한 쌍의 여인이 의자 디자인만 고집하는 전문성에 대해, 신체적인 편안함과 감각적인 미를 동시에 조준하는 그들 디자인의 독특한 매력에 경의를 표했다. 나머지 부분은 그녀들이 고안한 의자 사진이 곁들여진 전문적인 내용으로, 이탈리아와 한국에 동시에 개점할 그녀들의 사업에 대한 구체적인 절차와 계획을 다루고 있었다. 이 두 여인에 대해 기사는 때로는 동업자, 때로는 동반자라고 썼다. 하나코의 얼굴은, 옆에서 웃고 있는 친구의 얼굴 쪽으로 반 정도 돌려져 있어서 오똑하게 돋아난 코가 더욱 부각되어 보였다.

韓国文学ショートショート
きむ ふな セレクション 13
ハナコはいない

2021年7月31日　初版第1版発行

〔著者〕チェ・ユン（崔允）

〔訳者〕朴澤蓉子

〔編集〕藤井久子

〔校正〕河井佳

〔ブックデザイン〕鈴木千佳子

〔DTP〕山口良二

〔印刷〕大日本印刷株式会社

〔発行人〕　永田金司　金承福

〔発行所〕　株式会社クオン

〒101-0051　東京都千代田区神田神保町1-7-3 三光堂ビル3階

電話 03-5244-5426　FAX 03-5244-5428　URL http://www.cuon.jp/

著者

チェ・ユン（崔允）

1953年、ソウル生まれ。西江大学国文科卒業後、
フランスのプロバンス大学で文学博士号取得。
1978年に『文学思想』に評論「小説の意味・構造・分析」が掲載され、
文壇デビュー。
1988年に中編小説「あそこに音もなく一枚の花びらが落ち」を発表し、
作家活動を始めた。
1994年に本作「ハナコはいない」で李箱文学賞を受賞。
ほかにも大山文学賞、東仁文学賞などを受賞している。
著書に、短編集『あそこに音もなく一枚の花びらが落ち』、
『十三個の名前の花の香り』、『灰色の雪だるま』、
長編小説『お前はもうお前ではない』、
『冬、アトランティス』、『マネキン』などがある。
邦訳に「あの家の前」(吉川凪訳、『いまは静かな時　韓国現代文学選集』
所収、トランスビュー)がある。

訳者

朴澤蓉子

1985年、宮城県仙台市生まれ。
延世大学への交換留学を経て、2009年東京外国語大学朝鮮語学科を卒業。
2005年よりドラマや映画の字幕・吹き替え翻訳に携わる。
第4回「日本語で読みたい韓国の本　翻訳コンクール」にて
本作「ハナコはいない」で最優秀賞を受賞。